The TEstAmenT of SisteR New DEviL
新妹魔王的契約者
3
U0045725
Kadokawa Fantastic Novels

瀧川八尋（拉斯）
表面上是刃更的同班同學，
實際上是監視澪的魔族。
東城迅
刃更的父親，前最強勇者。
東城刃更
澪和萬理亞的「哥哥」，
能使用異能「無次元的執行」。
成瀨澪
前任魔王的女兒，
刃更的新「妹妹」。
成瀨萬理亞
從恿刃更和澪締下主從契約的
「小妹」，蘿莉色夢魔。

野中柚希
勇者一族的少女，
喜歡青梅竹馬的刃更。
長谷川千里
刃更就讀學校的
保健室美女老師。
潔絲特
殺害澪養父母的魔族
「佐基爾」的心腹。
佐基爾
澪的弑親仇敵，
覬覦澪身上前任魔王的力量。

「好銷魂的屁屁啊……
和澪大人的胸部有得比呢。」

萬理亞在不知不覺中來到刃更眼前，語帶笑意地說道。仔細一看，她還將家用攝影機的鏡頭對準了刃更兩人。

「妳——妳做什麼啊……！」

見到亮起的錄影燈，柚希羞得驚慌失措，焦急地大叫。

REC
「光是這樣，人家
才不怕呢……」
「──我馬上就讓妳
屈服在我手裡。」

「要上囉，柚希！」
「快住手……不可以殺了這傢伙。」

「讓我看看
你那雙眼睛沾染
絕望的樣子吧。」
「──已經無路可逃了，澪大人。」

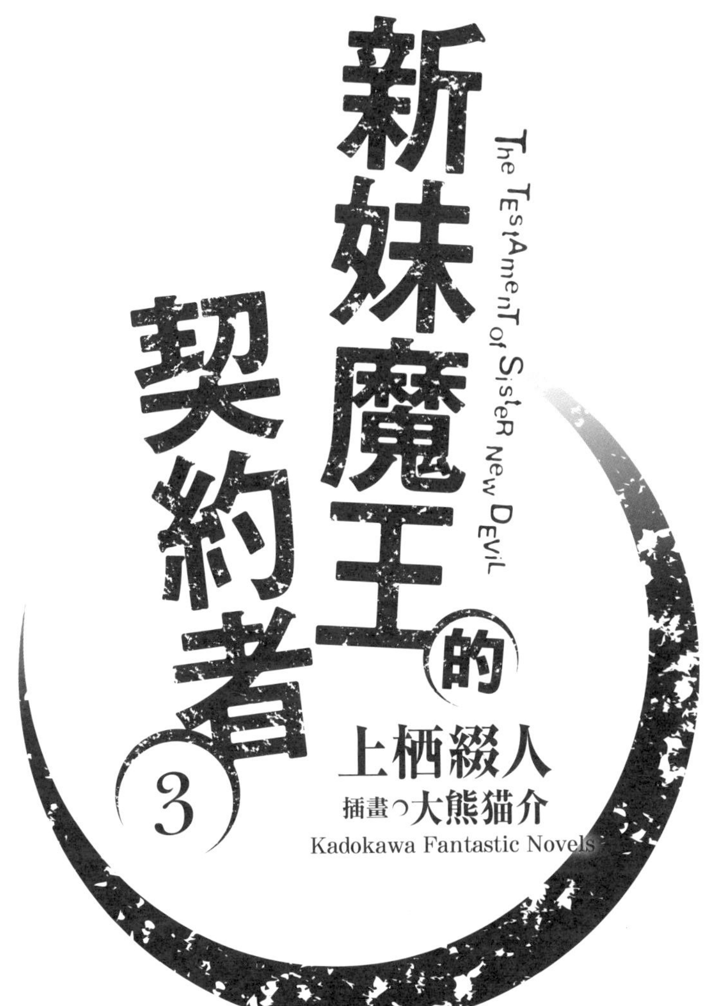
新妹魔王的契約者
The Testament of Sister New Devil
3
上栖綴人
插畫 大熊猫介
Kadokawa Fantastic Novels

彩頁／內文插畫　大熊貓介

The Testament of Sister New Devil

# ConTeNts

——從那天起，我的人生都是為了這一刻而活。

所以求求你，不要防礙我——我已經什麼也不剩了。

# 序曲　因緣的訕笑與眼神

## 1

——房間裡，充斥著女性的嬌喘。

暗影低垂的室內發出陣陣媚聲——伴著甘美的氣息瀰漫整個房間。

寬敞空間中的獨特殘響是經過了特殊的設計，能使女性聽見自己的聲音，進而達到催情效果。

女性的叫喊不具任何字面上的意義，但音色卻著實地蘊含某種色彩。那是近似沉醉的情緒——將自己的全部放諸肉體快感的人們才能享受的歡愉。

「…………」

有個人，踏著輕細步伐進入了這樣的房間。從暗影中浮現的輪廓，清楚展現出女性的肢體曲線。原本只看得出是女性的剪影，從陰暗的牆邊緩緩步向房中央的同時，化作一名美豔女郎——一個名為潔絲特的魔族。

潔絲特目光所指——她所前往之處，是暗影中唯一的亮處。那是一張滿布奢華雕紋、設有篷蓋的巨床；床上只有一名男性高階魔族，許多身穿猥褻內衣的女魔族依偎在他的身旁。

其中，有個女魔族面對面跨坐在他的腿間，縱情地主動扭腰擺臀，滿室的媚聲就是由她而起。

「！……啊啊、嗯、呼……哈啊、嗯！佐基爾大人……」

沉醉快感之中的她表情淫賤，兩眼完全失焦；背後還有另一個女魔族，不斷搓揉她的雙乳，好讓她獲得更強勁的快感——更重要的，是為了取悅她們的主人，那個高階魔族。

這樣的畫面，全都被停在巨床稍遠處的潔絲特默默看在眼裡。

——很快地，那扭著腰的女魔族全身反弓，喉中迸出一道特別激情的尖叫。

隨後，在高潮餘韻中恍惚呻吟的她，被其他女魔族輕輕搬離佐基爾，取而代之的是三名女魔族將頭湊近他的胯間——兩腿的根部，濕聲驟起。在女魔族忘我的服務中，佐基爾忽然問道：

「——是潔絲特嗎？」

他沒有挪動視線，只以稱呼名字表示明白潔絲特的存在。

「是的，大人。屬下剛從人界回來，準備向大人呈報關於威爾貝特之女——成瀨澪的初步現況調查，不知大人是否願意撥空？」

序曲

# 因緣的訕笑與眼神

「那當然……我就是為了這件事才派妳跑這一趟的嘛。」

潔絲特跟著對右掌上的水晶球集中意識，來回應主人的允准。水晶球即刻放出光芒，往佐基爾眼前——巨床正面的牆上投映出一幅巨大的影像。那是潔絲特在人間所拍攝的，前任魔王獨生女的現況。

「嗯……才半年不見，這丫頭又變得標緻多了呢。」

佐基爾評分似的打量影像中的澪，並滿意地瞇起了眼。

緊接著，畫面轉到了戰場。勇者一族的青年藉靈槍施放出強力一擊——但在吞噬澪和萬理亞之前，某種球形重力場包圍了她們。就是這道斷層障壁，保護她們免於靈槍的衝擊。

「雖然還沒完全覺醒，但已經開始有些徵兆了呢。」

「那是威爾貝特大人留下來的力量嗎……？」

從未見過的景象，使一名穿著內衣的女魔族如此提問。

「對。魔王陛下和穩健派那些人都想要得到這份力量……因為只要得到沉睡在那女孩體內的力量，多半就能重劃整個魔界的勢力版圖呢。」

另一名女魔族跟著撒嬌似的扭身向橫貼去，呵呵笑著說：

「所以——得到這女孩以後，佐基爾大人就能登上魔界的頂點了吧？」

「就是這麼回……——嗯？」

笑意深切的佐基爾，因接下來切換的畫面蹙起眉心。

牆上播映的，是澪痴醉的臉部特寫。鏡頭拉遠後，能看見澪坐在與她同居的青年大腿上，塗滿楓糖的巨乳被青年揉得一塌糊塗，腰還猥褻地不停扭動。最後澪轉過身與青年面對面、雙手摟住他的頭，並變得更加狂亂；因為那青年將她脹得不能再脹的胸部尖端吸進了嘴。不一會兒，澪和青年全身包圍在光芒之中——下一刻，澪頸部浮現的項圈形斑紋產生變化，顏色較過去紅了一些些。

「喔……這不是主從契約強化的反應嗎。我是知道她結了主從契約，想不到還懂得利用夢魔的催淫詛咒加深主從關係啊……看樣子，事情比我想像中有趣得多了。這下，我真是說什麼也非得得到她不可了呢。」

即使要和現任魔王作對也在所不惜。接著，佐基爾又道：

「但是看到我的獵物被人玩弄成這副德性，實在讓人不是滋味……這小鬼就是妳之前報告裡，開始和成瀨澪同居的那個被逐出勇者一族的少年嗎？」

「是的……據調查，他是迅·東城的獨生子。」

潔絲特提起的名字，使佐基爾不屑地嗤之以鼻。

「那傢伙啊……不過他現在不在兒子身邊吧？那就沒什麼大礙了。就算是他兒子，能力也不至於到他那種程度。」

序曲

# 因緣的訕笑與眼神

「……不過，佐基爾大人，這青年——實力雖遠不及父親迅・東城，有時卻能發揮難以置信的能力。」

說完，潔絲特將畫面切換至另一段影像。影像記錄了青年揮掃魔劍，以斬擊將其舊識的少女放出的風魔法消除的經過。

「他是……用那一斬消去了魔法嗎？」

「恐是如此。連構成魔法的魔力也不剩一點殘跡，可說是完全的魔法消除能力。」

聽了潔絲特的話，佐基爾沉默一段時間，最後在潔絲特與周圍女魔族的注視中開口：

「…………前陣子，成瀨澪曾讓威爾貝特的力量失控過一次是吧？」

「是的。在前一次定期報告上，拉斯對樞機院說明過這件事。」

「報告書上說，失控的力量是在釋放前就自動消退……但假如，那其實和妳記錄裡那種無意間施放的不同，而是單純的失控呢？仍未覺醒的成瀨澪，實在不像是能夠自力脫離那種狀態，那麼——」

「——是的。很可能是那個青年用他的力量解救了成瀨澪。」

「有意思……假如真是如此，那不是有趣多了嗎？身上宿有足以征服魔界的前任魔王之力的少女，正在和一個能夠消除那種強大力量的小伙子同居啊。原來如此，好一個虎父無犬子——還有誰知道他有那種能力嗎？」

「拉斯也知道。他和我一起目睹了整場戰鬥，可是在這次的定期回報上，他卻和上一次一樣，完全沒提及這青年的能力。」

拉斯的報告書上，只記述潔絲特為其他原因觀察了成瀨澪周遭現況，以及樞機院因前次報告而派遣的瓦爾加一意孤行，反遭使用靈槍的勇者一族擊斃，最後是澪等人成功熬過勇者一族的攻擊。

從頭到尾，拉斯對這青年的消除能力隻字未提，恐怕是別有用心。大戰時，拉斯和年少的現任魔王在同一部隊並肩作戰，因此贏得深厚信任而登上現在的地位，負起監視成瀨澪的大任——但暗地裡，卻有些可疑的小動作。這時，佐基爾淺笑著說：

「不管他想搞的是什麼鬼，這種兩面討好的伎倆也玩不久了吧。總而言之……整件事的動向，還是對我們有利。」

「那麼——」

「嗯。會阻礙我們得到成瀨澪的原該是殺無赦，但擁有如此稀有的能力就另當別論了。無論是成瀨澪還是這個小伙子，誰也別想跟我搶，我要他們兩個全都落入我的手裡——潔絲特，我那些『準備』怎麼樣啦？」

潔絲特一聽主人問起派她去人界的要因情況如何，立即頷首回答：

「沒有任何問題，一切都按照大人的計畫進行。」

序　曲

# 因緣的訕笑與眼神

「很好——那麼，是時候採取行動，把我要的東西弄到手了——潔絲特，再把那小伙子的名字說來聽聽。」

潔絲特跟著答覆主人的問題，報出那擁有特殊能力的青年的名字。

「——東城刃更。」「嗯——東城刃更是吧，又多了一點樂子。」

說完，佐基爾望向牆上影像中的刃更和澪。

嘴邊浮著冷酷的笑，對打定心意絕不放過的獵物說道：

「我很快就會讓你們嘗嘗——絕對抵抗不了的絕望和快樂。」

# 第1章 失控的蘿莉色夢魔



## 1

所謂校園生活，基本上就是日復一日、一成不變的生活。

天天都是早起、上學、聽課，然後回家。

有些人會在放學後致力於社團活動，或是和朋友或戀人到別處遛達，各有各歌頌青春的方式；不過，那總歸是日常迴圈中的一小部分。

——但其中，摻雜了一些對學生而言相當難得的「非日常」事件。

那便是一年之中寥寥可數的寶貴機會——年度行事。

第二學期開始近一個月、在清晨及夜半漸感秋天腳步的某天，「聖坂學園」高中部晨間班會上公布了一則消息。

「——各位同學應該都知道，下個月要辦運動會吧。」

刃更班上，今天也同樣爽朗的班導坂崎守，將掃視手上運動會概要表的學生們環顧一圈

第①章
# 失控的蘿莉色夢魔

後說：

「請各位把想參加的項目填好，在下次大班會交回來。由於不是每個人都能參加自己希望的項目，記得多寫幾個備選啊。」

對於即將來到的大活動，學生的表情大致能分為期待、嫌麻煩以及不特別感興趣三種。

「另外——到時候還要選出運動會的執行幹部，男女各一個。」

然而坂崎下一句話，卻讓多數人都露骨地擺出厭惡的臉。

教室中如此率真的反應，使坂崎不禁苦笑。

「表情不要那麼難看嘛。順便問一下——現在有誰肯自願的嗎？」

見班上鴉雀無聲，坂崎雙手拄著講桌說：

「好吧，我想也是……不過，老師還是希望各位能主動爭取這個機會啦，畢竟擔任學校活動的幹部，並不單純是給自己找麻煩而已；認真做事的，學業成績也會得到相對的加分。對於想參加推甄入學的人來說，這可是個大好機會喔。」

「守守老師～學業成績加分對推甄有多大幫助呀？」

這名女學生的問題，讓坂崎微笑著聳聳肩。

「這就要看妳的表現啦。不過要注意的是，推甄和一般的學力測驗不一樣，還會參考學生個人的課外表現，參與學生會活動會加到學業成績分數就是因為這點。所以，能表現自己積極面之類的機會其實是很寶貴的，希望各位銘記在心啊。」

這時鐘聲打響，坂崎跟著豎起點名簿在講桌上輕輕一敲，笑呵呵地說：

「話就說到這裡——不好意思，第一節要上體育課還耽誤各位的時間啊。」

體育課和一般換教室上課不同，需要一定的準備時間。

這是因為，學生們還得換穿體育服。而今天男學生一如往常地從走廊置物櫃拿出體育服，女同學卻只是拎著塑膠包包似的容器就走人了。

「嗯？女生不用換體育服嗎？」「……不用，今天不需要。」

刃更這麼問後，同樣走向走廊另一頭的柚希跟著把頭一點，接下來——

「你在說什麼啊，刃更？我不是說過，女生今天上游泳課嗎？」

一道聲音從旁傳來，循聲看去，澪也在不覺之間湊了過來。

「……對喔，妳好像有說過。」

這所聖坂學園的特色之一，就是游泳課並不限於夏季。

因為這裡不僅具備室內溫水游泳池，還有能讓學生在課後充分暖和身子的蒸汽室等相關設施。

「不會吧……我昨天才說過，你今天就忘啦？」

「抱歉，我剛剛有點恍神……」

刃更對眉頭大皺的澪這麼解釋時，柚希卻在一旁不解地歪頭問：

「……可是我和成瀨同學昨晚還把泳裝穿給你看耶？」

「！——喂、柚希！」「野、野中怎麼……」

柚希隨口說出的爆炸性事實，讓刃更和澪都傻住了，剎那間——

『————』

令人不安的氣息從刃更背後傳來。沒錯，那恐怕就是殺氣。雖然刃更怕得不敢回頭——但他確信，背後每一個男同學都死瞪著他。

除了澪之外又冒出一個柚希的同居生活，至今已是第五天；別說全班，消息早就傳遍整個學校。

……好吧，紙包不住火，這也不是想瞞就瞞得住的。

刃更背著班上男同學的嫉妒並在心中偷偷嘆息之餘，往澪和柚希看了看。

在刃更等人就讀的聖坂學園中，有對堪稱雙璧的美少女——那就是成瀨澪和野中柚希。

和這樣的兩個女生同住一個屋簷下，遭受這樣的怨恨也是在所難免吧。再說，自己是真的獨享了澪和柚希的泳裝秀。

……差點忘了。

刃更想起自己為何會忘了澪和柚希今天上游泳課。其實，他是想忘記另一件事，順道連這件事也給忘了。澪和柚希會穿泳裝給刃更看，是另一個同居人，某蘿莉色夢魔出的餿主意；而事情不出所料，她並不甘於單純的泳裝秀，還故意耍了點色色的小把戲。

糟糕，腦中又浮現出昨晚的澪和柚希，還疊在眼前這兩個人身上。因此，刃更略俯著發紅的臉，從置物櫃取出體育服。

「我就陪妳們到這裡啦——瀧川，我們走。」

「咦？喔，了解……呃，太快了啦！危險啊，小刃！走那麼快幹麼啊！」

刃更唏哩呼嚕地話一說完就抓起瀧川的手，無視他對這速度的錯愕大步拖走。

瞪著刃更的其他男同學們，也留下傻眼的澪和柚希紛紛離去。

要是再不小心想起昨晚的經過，事情就危險了。

體育課都還沒開始就噴鼻血進保健室，也未免太誇張了點。

東城刃更在人前更衣時，會盡量避免引起注意。

——原因出在五年前。

第1章
# 失控的蘿莉色夢魔

侵襲勇者一族的村落的悲劇，在全身受重傷的刃更身上留下了淒慘的疤痕。由於不能說出事實，刃更總是自稱幼時出過車禍。

當他打開鋼製置物櫃、慢慢解開襯衫鈕釦——

「不管看幾次，這些傷痕都很猛耶……」

身旁同樣換穿體育服的瀧川語氣感慨地說道。

「你說你是住在鄉下的時候，出了很嚴重的車禍是吧？」

身為魔族的瀧川，知道刃更曾是勇者一族、遭「村落」驅逐等過去。

「……沒事提這個做什麼？」

在暑假後、第二學期開始時轉學進聖坂學園至今，將近一個月的時間裡——刃更已比照自己在過去待的學校所為，用他編的故事說服了大家；關於那身鍛鍊得異常結實的肌肉，也是以傷後復健需要大量鍛鍊的結果來解釋。

然而，無論是見到那身傷還是被人盯著看，都不是件令人舒服的事；所以刃更用的是更衣室最裡頭的置物櫃，以免隨便暴露自己的身體。在刃更換完體育服、拿公用衣架將制服掛進櫃裡後——

「嗯～我覺得，你還滿可憐的。」「嗯？可憐什麼？」

被同樣換完衣服的瀧川這麼說，刃更意外地反問。

「這個嘛……小刃你鄉下老家，不是常有人因為一些雜七雜八的事受傷嗎？可是不只是野中，就連這幾天跑來的那些人，身上都找不到疤痕；多半是用過像魔法一樣神奇的藥，或是有個媲美魔法師的醫生在吧。問題是，就只有你身上留了一堆疤。那個意外的受害者，明明就不是只有你一個——所以我才說你可憐啦。」

聽了這些話，刃更沉默以對。

——刃更雖與瀧川合作，卻沒有透露五年前那場悲劇的詳情。

畢竟那不是能夠掛在嘴邊的事。那場意外裡，大家都失去了太多太多。

因此，就連對澪和萬理亞，刃更也不曾特別說明過。

不過事情大致上的經過，恐怕瀧川心裡早就有個大概了，於是——

「……哪有什麼辦法，誰教問題是我自己搞出來的。」

這麼說之後，刃更關上置物櫃，往窗外——寬廣的藍天看去。

彷彿要將思念送向遙遠的故鄉。

——結果，刃更卻因此在戶外景色中，發現他無法視而不見的東西。

有個熟悉的小少女，正踏著小跳步經過窗前的柏油路。

「啊——！」

嚇一大跳的刃更慌得貼上了窗，又忍不住開窗探出去看。

只見小少女的背影走過他視線彼端——男更衣室外頭，接著九十度拐彎。

接下來的，只有校舍大門了，而小少女也大剌剌地走了進去。那張閃過刃更眼前、堆滿笑容的側臉，讓他心裡的壞預感劇烈膨脹——

「嗯？怎麼啦，小刃？」

「抱歉，瀧川。我突然頭痛眼花得很難過，今天體育課請假！拜託你想辦法幫我應付老師那邊！」

急急忙忙這麼說完，東城刃更就衝出了男更衣室。

## 2

來到聖坂學園校舍的成瀨萬理亞，一下子就抵達目的地。

她所踏進的，是刃更的教室。

儘管校舍大門到教室有段不短的距離，萬理亞卻沒被任何人發現。她在進入校地之前就對自己施放幻術掩藏行蹤，普通人根本看不見萬理亞這樣的魔族。

「我看看……啊，是這個位子吧。」

在教室裡輕巧邁步的萬理亞，突然在某個座位邊停下。

然後毫不客氣地拉了椅子就坐，有所領會般「嗯」地點點頭。

「原來這就是刃更哥的位子啊。他上課的時候，都是在這裡想些不三不四的東西吧～哎喲，刃更哥怎麼這樣！」

胡亂抹黑刃更的萬理亞呵呵笑了兩聲——

「為了幫助這麼糟糕的刃更哥，就讓我來一發美妙的魔法——」

「——妳才糟糕咧！」

然後後腦杓狠狠捱了一巴掌。

「呃啊？為、為什麼刃更哥會在這裡？你不是應該在上體育課嗎？」

蘿莉色夢魔帶著驚愕的表情回頭。這瞬間——

……啊啊，真受不了這傢伙。

和這外表稚嫩，卻兼具可愛及妖豔的少女成瀨萬理亞正面對看，東城刃更心裡不禁一陣呻吟。就是因為這樣，對付萬里亞必須格外小心。她擁有純真無邪的幼小肉體和精神，又能同時散發強烈刺激男性本能的女性媚香，讓刃更壓抑著些許動搖說道：

第1章
# 失控的蘿莉色夢魔

「……我是從更衣室窗戶看到妳以後就完全沒心情上課，直接跑過來了。」

聽刃更這麼說，萬理亞的表情立刻開心起來。

「哼哼～刃更哥真死相，竟然這麼掛心我，連體育課都可以蹺掉啊？」

「是啊，真的差點被妳嚇死——要是丟下妳不管，天曉得妳又會幹出什麼好事——所以，妳到底想對我的桌子做什麼？」

「我想在四個桌角上，放一點會讓女生想摩擦敏感部位的魔法。」

「為什麼要做那種惡作劇啊！」

「奇怪？你不喜歡自己的桌子變成５Ｐ亂交版嗎？」

「鬼才喜歡！課桌當然是正常的最好啊！」

「好可惜喔，這原本能變成全校最多人排隊的桌子耶。」

這話讓萬理亞整個人黯淡下來。

怎麼能讓人排那種爛隊啊，想製造地獄也不是這樣的。

「受不了……還以為妳跑來做什麼，該不會真的只是來惡作劇吧？」

「咦？才不是才不是～不要這樣想嘛，刃更哥，你把我當成什麼東西啦？」

「…………………」

「過分耶！你知道這時候不說話才是最傷人的嗎！真是的。」

萬理亞氣沖沖地說：

「你也不想想看我上次來已經是多久以前了，我是為了澪大人，來重新檢查有沒有安全顧慮的啦。這種事本來就是愈小心愈好，偶爾我也該親自繞一圈看看嘛。」

「原來是這樣子啊……」

「對呀。啊，既然你課都蹺了，要不要乾脆就陪我走一走？兩個人一起檢查，效果更好喔？」

「我又不是想偷懶才蹺課的。不過妳的話也有點道理，陪妳一下是沒關係……可是上課時間在學校裡閒晃不太好吧，被發現怎麼辦？」

「所以不要被發現就好啦。刃更哥好歹也是勇者一族出身的，多少懂一些避免普通人察覺自己存在的技術吧？」

「這個嘛，某種程度上，我是有辦法不讓人發現我啦……真的要這麼誇張嗎？」

由於不能在平凡社會曝露自身存在，避開普通人耳目行動，是勇者一族的必修基礎技能之一。像目前潛入魔界的迅，行動甚至能隱密到就連刃更和柚希都無法察覺。

「真的，這都是為了澪大人。」

見她表情嚴肅地這麼說，刃更也不得不軟化態度。沉思片刻後——

「…………好吧，我陪妳去。」

第1章
# 失控的蘿莉色夢魔

刃更終於點頭同意——然後過了一分鐘。

「……喂，萬理亞。」

東城刃更很快就後悔地低聲喊住她。

現在，他人在萬理亞安全檢查的第一站前。萬理亞以必須最先調查為由而帶他來到的，是男性心目中的禁地——女廁。

「你在怕什麼呀，刃更哥，裡面沒人喔？」

「拜託……問題又不在那裡。」

刃更緊張地把聲音壓到最低，蘿莉色夢魔卻若無其事地張口就說：

「錯了，問題就在那裡。刃更哥，你到底在害什麼羞？廁所是半密閉的空間，很容易讓人疏忽大意；而且使用當中還會破綻百出，儼然是最可能遭受敵襲的地點，不檢查這裡要檢查哪裡啊？難道澪大人在廁所出事，刃更哥就不救了嗎？」

「我……沒那個意思。」

「那為了以防萬一，不好好檢查裡面的狀況和構造怎麼行？」

「……呃，可是大致上的構造這些，我已經聽妳們說過了啊……」

「所謂百聞不如一見。要做到萬全的保障，不實際看過一遍行嗎？」

被「唉～真受不了」地發牢騷的萬理亞這麼說——

「我……知道了啦。」

刃更自知拗不過，只好點頭。的確，在面臨生命危險的情況下，可沒有害羞猶豫的閒功夫。若真的以澪的安全為優先考量，從她的日常生活到個人隱私，都必須完全涉入；否則，至少也得盡可能地確保她周遭環境的安危。於是東城刃更牙關一咬，決然踏進女廁。當然，他有生以來從未有這樣的經驗。當第一步接觸女廁地面的那瞬間——入侵禁地的罪惡感在刃更心中一舉噴發。

……啊，要是被抓包，少說也得停學吧。

沒什麼比這停學原因更糟的了。蹺課偷闖女廁，自己的精神絕對背不住這種臭名。但踏出第二步時，刃更總算是換了一套想法——

「原來是長這樣啊……」

並說出此生初訪女廁的第一句感想。

「怎麼樣？親眼看到的，是不是和想像中差很多呀？」

「……還好啦。」

果然和自己想像中有些許誤差，而修正這些誤差，就是這次涉險的目的。

「那麼刃更哥，為安全起見，請你檢查一下隔間吧。」

在萬理亞的催請下，刃更不得已地一間間打開，查看門鎖和鉸鍊等狀況，確定沒有大礙後——

「檢查好了……沒問題。」

「奇怪~真的檢查完了嗎?不會吧……你沒發現怪怪的東西嗎?」

她在失望什麼啊。刃更忍住想搥萬理亞一拳的輕微衝動,回答:

「沒什麼啊……喔,有個東西,我想先和妳確定一下。」

「喔喔!刃更哥開始對女廁有興趣了嗎!儘管來,我有問必答!」

「這麼高興是怎樣……其實,也不是什麼大問題啦。就是,每個隔間裡都有一個像小垃圾桶的東西是做什麼用的?沒看過那種東西。」

「啊……?刃更哥,你不知道那是什麼嗎?都讀到高中了?」

「咦?那是高中生都應該知道的東西嗎?」

真的完全不曉得耶。聽萬理亞不假思索地反問,刃更不禁緊張起來,結果——

「也不至於到那種程度啦……啊,刃更哥從小身邊就只有迅叔叔一個嘛。這樣來說,的確是有可能不知道啦……」

萬理亞若有所思地這麼說,並兩手捧起發紅的臉頰——

「哇~想不到會因為這種事發現刃更哥純真的一面耶,明明對澪大人做過那麼多過分的事。那個,你是真的不知道那是什麼嗎?」

「真對不起啊……很不巧，男廁裡沒有那種東西。」

「那當然，因為那是女生上廁所才需要的東西。」

「這樣喔……？可是我們家廁所沒有耶？」

「那是因為有你在，澪大人和柚希姊才不好意思放啦。」

「……不好意思？為什麼廁所裡要放那種東西？」

「哎呀～你是真的不知道呀，刃更哥？根本是純情男孩大爆發嘛～！」

「笨、笨蛋，不要那麼大聲啦！」

「你放心，現在普通人完全聽不到我的聲音！」

「可是我會出事啊！妳不是說有問必答嗎，還不快點告訴我。」

我這邊是很想快點出去耶，上課時間也會有人進來啊！

「請稍待片刻。這關係到刃更哥的成長歷程，需要弄清楚用怎樣的形式讓你知道真相結果才會最萌，先讓我跟自己開一個會。」

「不要說那種蠢話——」

刃更話說到一半，聲音就斷了。

因為萬理亞表情驟變，猛然抬頭看著天花板。

「————」「怎、怎麼了……？」

她表情嚴肅得連刃更也疑惑地跟著抬頭張望，卻什麼異狀也沒發現。可是——

「這種感覺——」

萬理亞一這麼說就拔腿衝出女廁。

「喂、喂喂……萬理亞！」

東城刃更也抱起一肚子焦躁和緊張急忙追上。

現在第一節課還沒上完，說是「早上」綽綽有餘。

……難道是敵人來襲嗎？

幾步距離前——奔上樓梯的萬理亞神情非比尋常，一轉眼就衝到頂樓，但在屋頂門邊忽然停住。

接著對刃更迅速伸手，要他也靜止不動。

「…………！」

這使得刃更忍不住倒抽一口氣。

最後，萬理亞神色凝重地當著刃更眼前，慢慢扭動門把，推開了屋頂的門。

東城刃更跟著萬理亞上了屋頂，迎接他的，是一片無人的空間。

——但他的緊張並未因此解除。

這裡有冷卻塔和水塔等遮蔽物，死角不少，而最重要的——

『…………』

儘管細小，但確能感到刃更和萬理亞以外的人物所造成的動靜和氣息。

——看來，對方就在那巨大的空調送風機另一邊。

於是刃更和萬理亞對彼此默默點個頭，開始行動。

雙方繞到送風機側邊時，萬理亞先探頭過去看看情況。

「（……賓果，被我逮到了。）」

這句耳語讓刃更吞了吞口水。從呼吸聲推算，對方有兩個人。瀧川說過，要提防的不只是佐基爾，他還有個危險的屬下。老實說，要一次和兩個封爵的高階魔族正面交戰，刃更實在沒有自信，不過——

……至少先讓我準備幾個策略吧……！

東城刃更懷著這祈禱般的想法，自己也從萬理亞頭上探頭過去查看。

發現想像中的兩名高階魔族——並不在那裡。

「…………我說萬理亞啊。」

「什麼事呀，刃更哥，太大聲了喔？你想被人家發現嗎？」

第1章
# 失控的蘿莉色夢魔

「那到底是怎樣……？」

目睹如此難以置信的景象，使刃更全身僵住地這麼問後——

「啊？你看了還不懂嗎？那就是所謂的『溜出教室蹺課，躲在屋頂隱蔽處享受幽會刺激的學生情侶』。」

「……這樣啊，我還擔心是我自己看錯了呢。」

最後一絲希望也斷了。把我剛才的認真還給我！刃更「唉～」地嘆息一聲，又說：

「我還是問一下好了……那應該不是妳用夢魔的魔法搞的鬼吧？」

「哎喲喲，可別這麼瞧不起我喔，刃更哥。要是我用了魅惑或催淫魔法，他們做的事怎麼可能還只有這麼含蓄呢～」

哈、哈、哈，妳在驕傲什麼啊。好吧，這次我一定要讓她嚐嚐——這顆名為鐵鎚的兄長之愛。刃更對右拳呵了幾口熱氣，卻突然在這裡停下了動作。

萬理亞偷窺那對小情侶的神情是那麼地幸福，眼睛都閃閃發光了——

……真是的。

東城刃更沒勁了。縮回頭以後就背靠著送風機側邊，望著天空遙想——自己，是不是攬了太多呢。

這是從聽瀧川說佐基爾想對澪下手之後開始的。感覺上，自己把自己逼得愈來愈緊，但這也是無可奈何的事。

——據瀧川描述，佐基爾是個實力堅強的高階魔族。

中世紀貴族階級有公侯伯子男之分——亦即公爵、侯爵、伯爵、子爵、男爵五等爵位；魔族也是以同樣方式，依戰鬥力或權力的不同策封爵位。

最高的公爵階級等同魔王，而次一階就是佐基爾所屬的侯爵。

和如此強大的敵人正面交鋒實在過於不利，要打就只能設法從弱點或破綻下手；至於躲嘛，他也不是躲得掉的角色。若只是佐基爾單方面想對澪不利，或許還能選擇避免戰鬥——

——可是，刃更能夠斷言，事情不會那麼簡單。

佐基爾殺害了澪的養父母，是她不共戴天的仇人。

而成瀨澪奮戰至今——就是為了向殺害她養父母的魔族報仇。

況且……

刃更知道，同住一個屋簷下的澪偶爾會在夜半被惡夢驚醒。

她原本普通女孩的日常生活，忽然在某天完全變樣，不但親愛的家人慘遭奪命，又得知自己其實是前任魔王的女兒，還因為繼承了他的力量而必須活在性命遭受威脅的危險之中。

不難想像，那對她而言是多麼巨大的打擊。澪絕不是個堅強的女孩，與生來就獲知使命、日以繼夜地訓練的刃更不同；但她依然不折於悲劇、勇於面對，讓東城刃更無論如何都想保護她。

即使放棄勇者身分、失去為世界而戰的使命和力量，至少也要護住這個家的一份子——

澪和萬理亞，以及柚希。因此——

「啊～不行啦，根本不行嘛，哪有人這麼不像樣的。想不到，寬鬆教育的弊害竟然影響得這麼遠，真是太悲哀了。我好擔心這國家的未來啊。」

嗯……就算是如此忠實種族本能的蘿莉色夢魔，也是我親愛的家人。這裡就先讓我展現寬大心胸原諒她吧——用我比海更廣的兄長之愛。

「刃更哥不好意思，我看不下去了。我現在就讓他們見識楓糖愛撫是怎麼一回事。」

「站住！那個瓶子是從哪裡變出來的啊！」

小姐，太過分的話佛也會發火耶。結果萬理亞俏皮地眨起一隻眼睛，說：

「咦？可是你自己也知道，愛撫不抹個蛋糕什麼的很無聊啊？」

「妳白痴啊啊啊啊！再說那根本是一場夢啊！」

「嗯？你在說什麼？」

「……咦？呃，我才想問妳那是什麼反應咧……」

萬理亞口中的「抹蛋糕愛撫」，指的是刃更剛轉入聖坂學園、和柚希重逢的那晚，為了要刃更證明自己絕不會背叛澪，卻莫名其妙證明到浴室裡去時發生的事。當時澪和萬理亞確實是一起進了浴室，但刃更在澪用胸部幫他洗背時就噴鼻血昏倒，抹蛋糕的部分應該全是刃更的夢境。然而，萬理亞卻彷彿想起什麼般說道：

「……啊啊，這樣啊。都忘記我們把那當成作夢了。」

「先、先等一下……妳剛說什麼？」

騙人。妳那樣說，不就等於那是實際發生過的事嗎？

「刃更哥你放心。拋棄理性放縱本能的亢奮狀態……其實和反映深層心理的夢差不了多少啦。」

「…………………………」

「哎喲？怎麼啦，刃更哥？為什麼要像漫畫一樣垂著頭雙手雙腳跪在地上啊，制服會弄髒喔？」

「…………抱歉，萬理亞。拜託妳暫時讓我自己靜一靜。」

我想一面思考著讓世界和平的方法，一面從各個方面重新自省，讓我憂鬱一下。

「不可以，為澪大人檢查校內安全的工作還沒完呢；再說刃更哥剛才那麼大聲，把小情侶都嚇跑沒戲看了，我們就往下一個地點移動吧。」

成瀨萬理亞接著喊聲「來」，說：

「現在的我們沒有時間懊惱——因為還有更重要的事要做呢。」

第1章
# 失控的蘿莉色夢魔

## 3

刃更就這麼跟著一臉跩樣說漂亮話的萬理亞到處查看，最後來到的是——

「……怎麼偏偏是這裡啊。」

把話說得像呻吟的刃更，眼前就是女子更衣室。

而且那不是只用來換穿體育服，是設在溫水游泳池邊、附帶淋浴間的女子更衣室。刃更在入口杵了一會兒後——

「怎麼啦，刃更哥？不要站在這裡，大方一點趕快進去嘛。」

「真的要進去嗎……？」

「都什麼時候了……對於已經征服女廁的刃更哥來說，區區一、兩間女子更衣室根本不夠塞牙縫吧？」

「不要說那種容易讓人誤會的話，我什麼時候征服女廁啦？」

鬼才想要達成那麼糟糕的成就。

「……再說，這裡實在不太好吧。」

更衣室後的泳池，正傳出陣陣聽得出是女生上游泳課的聲音。說穿了——

「澪和柚希就在另一邊耶？」

「所以才更要做好安全檢查呀。」

萬理亞乾咳一聲挺起胸膛說：

「如果我要攻擊澪大人，一定會挑這裡或女廁出手喔。」

「那是妳啦……」

看來她根本不懂自己是超級特例，拜託有點自覺好不好。

「可是，這間更衣室應該不需要檢查吧。她和柚希應該在剛進去的時候，就用探測魔法或咲耶檢查過可疑的魔法反應或危險了；而且看樣子，她也設下了會對施放魔法起反應的結界，防止敵人在上課時溜進來設陷阱什麼的。」

「那麼——就算不需要安全檢查，為保險起見，我認為刃更哥應該還是要認識一下女子更衣室的構造比較好。和女廁一樣，要是真的在這間更衣室打起來，刃更哥卻因為構造不熟而無法當機立斷就糟了。動作快吧，第一節課只剩十五分鐘就要結束了；再拖下去，澪大人她們就要回來囉？」

被萬理亞扯了兩下手以後，刃更才不甘不願地說：

「……只是看看隔間長怎樣而已喔？看完一圈我就要走囉？」

說完，刃更就無奈地踏進女子更衣室。不過，相較於牆壁及天花板磁磚顏色等有所差異的男女廁，更衣室並沒有什麼區別。

「這樣就行了吧，我們快走……萬理亞？」

萬理亞沒回應刃更的呼叫，逕自打開了某個置物櫃。

「喂喂喂！妳做什麼啊……」

「沒什麼，只是為防萬一，檢查澪大人的置物櫃有沒有問題而已。」

萬理亞憑藉夢魔的嗅覺一次就找到澪的置物櫃，並翻找裡頭的東西。

「看來是沒什麼大問題……哎呀，刃更哥過來一下，你看這個！」

「怎、怎樣！有什麼——」

「——嘿！」

刃更緊張地把頭湊過去，卻被萬理亞戴上了不明物體。

「哎喲～刃更哥好下流喔！」「咦…………？」

一時間，東城刃更還真的不明白出了什麼事；可是沒過多久，他就發現自己頭上戴的不是別的——正是澪的內褲。所以他光火了。

「死小鬼……！」

刃更沒扯下頭上的內褲，先選擇揪起眼前萬理亞的左右臉頰。那是無視於最佳選項，純粹優先處理當下衝動的反射性反擊。

「咪呀~嫩哼呵，能家幾戲該玩耍、該玩耍的啦！」（哇呀~刃更哥，人家只是開玩笑、開玩笑的啦！）

「少廢話，妳這個蘿莉色夢魔！我這次絕對——」

當刃更要接著說「饒不了妳」，想直接揪著萬理亞的臉頰起來甩的時候——

『啊~終於下課了~！』『第一節就上游泳課真的累死人了~』

想不到，更衣室入口另一頭傳來了女生的聲音。

「什麼——！」

第一節課結束的鐘聲還沒響。明明還有十來分鐘才下課，為什麼女生已經回來了？該不會是有人身體不適吧？

……不對，我搞錯了……！

竟然會忘了這麼基本的事。游泳課原本就比一般體育課花時間，輪到女生情況更是嚴重，需要提早下課。

刃更剎那間急得手足無措——

「——刃更哥，快躲起來！」「呃——喂，妳幹麼！」

原以為更衣室無處可躲，卻冷不防被萬理亞一把拉進某種空間。那是個又暗又窄的地方——澪的置物櫃裡。

# 第1章 失控的蘿莉色夢魔

「（呼……真是千鈞一髮呢，刃更哥。）」

萬理亞才這麼說，上完游泳課的女學生就魚貫進了更衣室，鋼板門另一頭立刻吱吱喳喳起來。

「（躲、躲來這種地方哪裡安全啦……而且妳為什麼也要躲進來啊！）」

「（這是我自己的失誤。看到刃更哥一個人擠在這麼陰暗狹小的地方，我一不忍心就跟著跑進來了。哎呀~真是不小心啊。可是多虧如此，我才能像這樣和刃更哥貼這麼近呀。嘿嘿嘿~刃更哥~）」

「（…………妳好像一點也不緊張嘛。要是澪看見這個樣子，我跟妳都會被她宰得半死不活喔。）」

萬理亞聽了這句話才驚覺自己處境，頓時一臉冷汗。

「（……那、那該怎麼辦啊，刃更哥？我會不會死得很難看啊！）」

「（不用擔心……我會死得比妳更難看。）」

假如處理不好，說不定會變成魚飼料。再說我是在手放低的時候被硬拉進來的，就連把妳戴上的澪的內褲脫下來也辦不到啦！

「（嗚嗚，一定又要吃酷刑了……哼，既然橫豎都會惹澪大人發飆——）」

「（妳幹什麼啊……呃、喂！沒事脫什麼衣服啊！）」

「（反正怎樣都只剩半條命，所以我想好好性騷擾刃更哥一下，這就是所謂化危機為轉機的逆向思考。像這種時候，身體小的人特別方便呢～）」

萬理亞一邊這麼說，一邊把衣服脫到只剩內褲一件。

「（住、住手啊！……不要自暴自棄，一起找解決的方法嘛！）」

刃更拚命地嘗試說服萬理亞，但她卻以完全發直的眼睛抬望著刃更說：

「（嗚呼呼呼，來吧刃更哥……放棄掙扎，和我一起舒服舒服吧？）」

話一說完，她的小手就探進了刃更的體育服底下。

## 4

游泳課稍微提早了幾分鐘結束。

女生們接連到蒸汽室暖和身體，然後淋浴清洗。

柚希，也在其中一個隔間沖著澡。

「…………」

不久後，她將水關上，用自己準備的浴巾輕輕擦拭身上的水珠。

好舒服的觸感。柚希忍不住捧起浴巾往臉上一捂，柔軟精的芬芳立刻撲鼻而來，那是——

……刃更的味道。

柚希不禁閉上了眼。她所使用的浴巾，進過東城家的洗衣機——所以和刃更的衣物用的是同樣的洗衣粉和柔軟精。因此，一包在身上——

……就像被刃更抱住一樣。

胸、腰、臀部、大腿——全都被刃更摸過，沾染上他的味道。

「嗯……」

柚希交叉雙臂繞向背後，抱住自己的身體，並保持這個姿勢——一會兒後，她終於心滿意足，悄然離開淋浴間。

接著穿過光溜溜的同學們，回到女子更衣室的置物櫃前。

班上女生正興高采烈地談論校園生活和私人話題，柚希卻是默默地開櫃，取出一個小包包。

再從小包包抽出換穿的內衣褲時，有個人來到她的身邊。

那是使用右側鄰櫃、目前和柚希一樣在刃更家同居的少女，成瀨澪。編在第一組，做了蒸汽浴、沖完澡的柚希，和最後一組、剛出蒸汽室的澪碰巧同時回到了置物櫃前。澪的右側是相川志保和榊千佳，是班上同學中和澪特別要好的兩個。澪和她們聊天時，臉上有著燦爛的笑容——

「————」

使柚希不禁看得出神。

——成瀨澪，是這學校中最知名的美少女之一。

她長相可愛得連電視偶像都相形失色，身材火辣到寫真女星都要妒火中燒；雖有點倔強，但個性開朗不拘小節。男學生中，將她稱作「澪公主」的愛慕者數也數不完。

儘管同樣也有眾多男學生將柚希稱為「柚希公主」，但比起木訥又不怎麼可愛的自己，澪那樣的女孩應該比較受歡迎吧。

不過，那種事並無所謂。周遭怎麼想，對柚希而言實在不重要。

柚希真正重視的，就只有一個人——刃更的想法。在野中柚希心目中，東城刃更這青年有著特殊的地位，從開始懂事時就已是如此。即使他遭到勇者一族的「村落」驅逐、決心守護澪這個前任魔王之女，他的地位也從未動搖。

可是……

野中柚希心想。現在自己，正有所不安。

不安的原因，柚希自己很明白——成瀨澪是個超乎她想像的強敵。

第①章
# 失控的蘿莉色夢魔

那並不是來自柚希是勇者一族，澪是前任魔王之女這樣的關係；而是在同性之中，澪是個強勁的競爭對手。開始和刃更同居後，這樣的感覺強烈了許多。

不會錯的——澪也和柚希一樣，對刃更懷有特別的情愫。

不太坦率的澪，雖然似乎對自己的感情缺乏自覺；但假以時日，她一定會發現自己對刃更的感情究竟是屬於哪一種。

太危險了。柚希心想。畢竟，澪擁有不少柚希身上找不到的魅力。

其中之一，就是那大到難以置信的胸部。據萬理亞這夢魔所說，澪就是用那對胸部勾引刃更，一次又一次地急速縮短他們之間的距離。

G罩杯。字形和柚希的C罩杯明明只差了一個「┐」，尺寸卻大了四號。那樣的胸部，現在正窘迫地硬塞在學校統一訂製的連身泳裝裡。那德性簡直已經超越有礙觀瞻，根本妨礙風化。有那樣的胸部當武器，純情的刃更想必是不堪一擊。

「……繃那麼緊，怎麼還沒被泳裝勒死。」「……？野中妳有說話嗎？」

柚希盯著那對巨乳自喃時，澪正好和相川和榊聊完天，轉過來表情疑惑地問。於是柚希盯著澪的胸部說：

「準S級監視對象……」

遺憾的是，柚希目前除了默默盯著這對魔王級胸部之外什麼也不能做，實在是恨不得早點把她定為消滅對象，把這麼危險的胸部連根剷除。可是——

「…………………………」「那個……妳在笑什麼啊？」

如澪所言，柚希正輕聲傻笑著。其實，柚希現在還抱著一線希望。

那是將自己與澪之間胸圍差異導向平等的明燈。夢魔萬理亞教誨有言——女人的胸部讓喜歡的男人揉了，會愈來愈大。

而且……

開始同居那天，刃更等人就向柚希說明了關於澪的魔族局勢現況、刃更在此中所處的立場，和一件相當重要的事——刃更和澪藉魔法締結了主從契約。

然後——在柚希詳細詢問過利弊後，萬理亞提出了一個建議。

——如果可以，希望柚希也能和刃更締結主從契約。

事實上，服侍澪的萬理亞，是希望柚希和澪結契約。

然而，萬理亞自知柚希不會接受；所以轉以間接方式達到保護澪的目的，請求柚希和刃更結契約，分享強化能力的機會。

據說這契約，已讓刃更和澪的戰力獲得了一定程度的提昇。

因此柚希當場就答應了，她並不覺得萬理亞的提議有任何疑點。

應該說，根本是有益無害。不僅能感應彼此的位置，成為刃更的屬下後，更能藉著加深彼此信賴而和他一起強化。

更重要的是——目前只有澪因現實考量，必須接受刃更進行超親情行為的優勢，將在柚希和刃更結下主從契約後歸於平等，一切條件不再有差異。

之後的問題，就只剩與刃更間主從關係的深淺。

——但野中柚希堅信，自己在這方面絕不會輸給澪。

若比起表現自己的勇氣，無疑是自己占上風。所以——

「……今晚好令人期待喔。」

喃喃地這麼說的柚希，引來身旁澪「咦？」的目光。接著，澪彷彿是意會了柚希的話，表情立刻轉暗。

但柚希並未理會澪的反應，穿起內衣。她將腳接連穿過內褲並慢慢拉起，滑過大腿罩起臀部，接著將未來的潛力股——只是缺了「」的G罩杯胸部容入內衣，迅速穿上制服就往更衣室出口走去。悠然步伐中，野中柚希心想——

……只差一點點了。

今晚是滿月——再過幾個小時，自己和刃更的關係就要進入全新境界。

成瀨澪看著柚希的背影步出更衣室，心想——

……她、她是怎樣？她真的想和刃更結主從契約嗎？

柚希聽了萬理亞說明主從契約、知道澪有何下場、甚至還親眼目睹實際的經過，但還是乾脆地接受了萬理亞的提議。

……野中她真的不怕啊？

就現況而言，能施放主從契約魔法，只有澪或萬理亞這兩個與勇者一族敵對的魔族，但柚希還是希望與刃更締結契約。能和刃更一起變強——對於這樣的目標，柚希沒有絲毫猶豫；而且還一改平時的文靜形象，熱切地說服了不願將柚希也捲進來而態度抗拒的刃更。

既然是萬理亞提的議、柚希願意、刃更也答應了，自然就是多數贊成過關，澪沒有立場反對刃更和柚希締結契約；但是，假如以澪的魔力施放主從契約魔法，屬下背叛主人時觸動的詛咒屬性，極可能會受到澪所繼承的前任魔王威爾貝特的力量所影響。考慮到風險，施術的角色必然得交給萬理亞。

……怎麼辦？

今晚即將發生的事，讓澪愈想愈急，畢竟柚希實在美得過火。儘管心有不甘，但那清澄透明的美感確實是澪所比不上的。「柚希公主」之稱絕非浪得虛名。

再者，柚希是刃更的青梅竹馬，和刃更的相處時間遠超於澪。和刃更認識尚淺的澪，是因為有主從契約的聯繫才終於能和柚希一決高下；但若柚希和刃更結了主從契約，條件就對等了。

然後，柚希的夢魔詛咒又在刃更眼前發動——

……野中一定會比我屈服得更徹底。

只要與刃更有關，柚希就是特別積極。這樣的柚希一旦結了主從契約，恐怕沒兩下就會完全屈服於刃更；兩個人關係快速加深，把澪遠遠拋下。

而且之前對戰「白虎」時，柚希展現的真正力量就已經那麼強了——

「…………我不能認輸。」

不要太誇張的話，自己應該撐得住吧——澪一面在心裡對自己喊話，一面打開置物櫃，而她的動作和思考也在這瞬間完全凍結。她在置物櫃裡，看見了臉色比他頭上戴著的澪的內褲還要白、穿著體育服的刃更。

「………………………」「………………………」

這突發狀況使澪一時不知所措，前所未有的尷尬沉默在兩人之間漫開。

——另外，裡頭還有個更難以忽略的東西。有個笨蛋把頭鑽進刃更的體育服，不知為何只穿一件內褲的小屁股在澪的眼前晃呀晃地。

「哈啊哈啊，來~嘛，刃更哥。是這裡嗎，這裡爽不爽呀~」

笨蛋還操著奇怪口音說了蠢話。她一定是用了讓普通人看不見的魔法，從自己和柚希都沒事先發現來看，恐怕是連氣息也一併消除了。所以，澪默默後退一步，彷彿要將眼前的屁股一腳踹到月亮上去——

「——咦？怎麼啦，成瀨同學？」「呀啊啊啊啊啊啊啊啊啊！」

卻被一旁的問聲嚇得跳了起來，用閃電般的速度把置物櫃門砸爛似的關上。

「……對、對不起，我沒想到妳會嚇成這樣。」

澪誇張的反應讓出聲的相川志保也目瞪口呆。

相川已經脫下泳裝準備沖澡，一旁的榊千佳也是。

「成瀨同學，妳還不脫泳裝啊？趕快去洗嘛，要是動作太慢，小心沒時間洗喔？」

「啊，嗯……也對。」

聽榊這麼說，澪急忙含糊應聲。

「該不會——妳是胸部太大脫不掉吧？要不要我幫妳呀？」

而相川則是調侃起澪。見到她食指不斷蠢動，澪拚命找個藉口搪塞：

「不是啦……不要鬧了，妳們兩個先去吧。我好像有點不舒服……」

「咦，妳還好吧？是不是貧血又發作啦？需要陪妳去保健室嗎？」

相川立刻收起玩笑嘴臉，擔心地問來。

「應、應該稍微休息一下就好了。不過，我想請妳幫我一個忙……」

為了解除這個危險狀況，澪設法支開她倆。

「現在剛上完第一節吧？我不想整天都在消毒水的味道裡上課，所以還是要先洗個澡，之後還可能去保健室一趟，下一節課應該會遲到。妳們可以幫我跟老師講一下嗎？」

「ＯＫ～知道了。不要太勉強喔。」「我會幫妳跟老師講清楚的。」

說完，兩人就留下澪，沖澡去了。

等人走得差不多後，澪才對眼前的置物櫃說：

「……人很快就會走光了，你們再乖乖等一下。」

說到這裡，澪突然用冰冷的聲音又道：

「可是我希望，戴人家內褲的變態和沒穿衣服的笨蛋，在我下次開門以前可以恢復原狀。」

聽懂了嗎？

「要不然——這個置物櫃裡的溫度，會變得比最新型的烤箱還要猛喔？」

接著，澪向沖澡回來的相川和榊表示自己實在不太舒服，終於打發了她們。

當澪以外的所有女生都換上制服、離開更衣室後——

「——哼～所以說，你們是為了確保我的安全才做這種事的囉？」

成瀨澪雙手抱在豐滿的胸部下，站得直挺挺地這麼說。兩腿張開的幅度，當然是與肩同寬——不過她還沒換制服，穿的是泳裝。

——而她向下斜射的視線前，跪了兩個人；一個是左臉有個紅巴掌印的刃更，一個是頭上腫包像三球冰淇淋的萬理亞。

這兩人能躲過澪主廚今天的推薦好菜「烤全變態搭笨蛋，佐女高中生的殺意」，這麼簡單就了事，得歸功於他們在櫃門重開時展現了努力的成果。

只是，刃更頭上澪的內褲像是萬理亞用嘴扯下來的，還被她叼在嘴邊；刃更則是在狹小的置物櫃裡，將萬理亞原先穿的裙子拉上了一半。

但儘管能放過他們一條小命，澪的怒火還是沒那麼容易平息。

「拜託喔……昨天晚上就和我跟野中玩成那樣了，你還嫌不夠啊？」

昨晚，萬理亞以刃更喜歡為由，慫恿柚希用美工刀拆下了連身泳衣胯下部位的內墊，還讓她連胸部內墊也拆了。雖然在原先冷眼旁觀的澪眼裡，簡直蠢到不行；但在萬理亞「您對自己的身材沒有自信呀？」的憐憫眼神挑釁下，澪一火大就跳下去一較高下，最後把那身色情泳裝穿到了刃更面前去。

可是，刃更被這種泳裝秀嚇得倉皇失措、羞得滿臉通紅的樣子實在很有趣，現在也是如此。他彷彿是很在意穿泳裝的澪，低著紅紅的臉只敢看腳背，既可愛又可笑。

可是……

最近，情況逐漸變得讓人輕鬆不起來。柚希也住進來以後，萬理亞沒事就挑撥澪和柚希的競爭心理，並導向兒童不宜的方向。像昨晚，事情就沒有因為讓刃更看了泳裝改造成果而結束——澪和柚希受到萬理亞煽動，所有人都進了浴室；在那裡對刃更強迫進行了各式各樣的「互動」，最後觸發了澪的主從契約詛咒，鬧得一發不可收拾。

對了。柚希依萬理亞的提議，要求自己也要結主從契約時，萬理亞說親眼見識比說明更簡單易懂，就把刃更和柚希擠在一起，讓澪發飆而觸動催淫詛咒。結果就是，柚希成功見識了澪從發作到解脫的整段過程。

這使得柚希更堅定了和刃更結主從契約的決心，說什麼也勸不退。

所以，澪現在不可能輕易放過刃更。幸好搧了他一巴掌，詛咒也沒有發動，表示契約也認同刃更活該欠揍。

不過……

澪心中忽然浮出些許不安。相較於滿嘴藉口的萬理亞，刃更從一開始就不斷道歉，什麼也沒多說。刃更會闖入女子更衣室、把澪的內褲戴在頭上，無疑全都是萬理亞幹的好事。這部分，澪當然明白。

因為東城刃更這個人，絕不會故意做出對不起成瀨澪的事。然而——

「……刃更？你完全不想替自己辯解嗎……？」

既然自願踏進女子更衣室，刃更自然脫不了責任，不至於冤枉他，但為自己解釋幾句也不過分嘛。可是——

「不想。無論有什麼理由，最後決定進來的還是我自己……對不起。」

看見刃更過意不去地這麼說後把頭壓得更低，澪心想：

……找一兩句藉口又沒關係……

例如「是萬理亞慫恿我的」、「我是為了保護妳啊」之類的也好，把事實說出來嘛，這樣我也好找個台階下。

可是刃更就是太憨直，不肯驕縱自己、用比較好過的想法逃避。就連讓澪免於主從契約的催淫詛咒之苦，或企圖加強信賴關係時，也頑固地不願拿「為了澪好」為自己開脫。

……太死腦筋了吧，大笨蛋。

現在澪發火也不是，原諒他也不是——

「——總之，真的很對不起就是了。」

刃更又在這時候老實道歉，接著說：

「晚點，我也要向柚希好好道歉才行……」「————？」

刃更這時喃喃提起的名字，使澪敏感地起了反應。

——原本，只要用手機聯絡柚希請她回來，事情或許就能解決得更輕鬆，但澪辦不到。柚希和急躁的自己不同，就算再害羞也必定會原諒刃更。今晚，柚希就要和刃更締結主從契約了。屆時情況一定和澪不同，柚希會表現得格外乖順，宣示自己比澪更適合作刃更的屬下。所以至少在這種時候，澪不想見到刃更顯露出他和柚希之間，那種自己還達不到的情誼。於是——

「為什麼要提到野中……？現在是我在和你說話吧？」

澪的不滿脫口而出，但那是來自足以引發詛咒的負面情感。

也就是嫉妒。不過後悔也來不及了。

成瀨澪的身心——一切的一切，都已經遭到主從契約的詛咒侵蝕。

「不要……啊啊、啊啊啊啊……！」

澪帶著一聲嬌媚的叫喊癱坐下來，身子無力地搖晃。

「——呃，喂！」「澪大人……！」

刃更抱住往他倒來的澪，一旁的萬理亞也擔心地看來。

「為什麼妳在這種時候也會……？」

在困惑的刃更懷裡，頸部浮現詛咒斑紋的澪難耐地掙扎。

「……！……因為我、自己知道嘛……！」

催淫詛咒的效果極為強勁，使澪再也關不住她試圖壓抑的情緒。

「我自己很了解……刃更做這種事都是為了我。」

澪繼續呻吟著說：

「可是責任都被你一個人扛下來了，要我……要我怎麼辦才好……」

吐露真心話的澪，讓刃更驚訝地睜圓了眼，說：

「……抱歉。其實妳不用顧慮我那麼多，想罵就罵嘛。」

說到這裡，刃更的表情溫柔得使澪紅了眼眶。

「真是的——妳真的很傻耶。」「！……誰害的啊，笨蛋……」

接下來，當刃更一如往常地要幫澪解脫時——

「——刃更哥，先等一下。既然詛咒都發動了，不如再加點刺激怎麼樣？對現在的兩位來說，或許有機會把戰鬥力再提昇一階喔。」

抱著澪的刃更皺起眉頭瞥向出聲制止的萬理亞。

「妳怎麼到這時候還——」

然後對她不知節制的發言出聲責備——卻在澪的注視中住了嘴；而原因，也被澪清楚地看在眼裡。

因為萬理亞的表情，突然嚴肅得嚇人，並說：

「要罵我，以後想罵多久都行。可是你要知道，信賴加強所導致的戰鬥力提昇，並不是想要就行的事，我們應該要盡量把握每一次難得的機會。」

萬理亞沉下幼嫩的臉，說明她這番話的意圖。

日前，刃更和澪能夠在與高志等人決鬥前及時提昇戰鬥力，純粹是僥倖。

——所謂的信賴關係，原本就不是有心就能快速增進；首先需要時間醞釀，再加上跨越困難或障礙等契機，才有加深的可能。

然而當時，萬理亞實在找不到其他方法贏得那場戰鬥，才會對刃更說那些話——不該放棄取勝的唯一「機會」。

所以一開始，萬理亞只和刃更談她的想法。假如也告訴了澪，很可能造成她心態錯誤，過於企求加強雙方信賴，反而讓事情變得更加困難。結果，澪偷聽刃更和萬理亞的談話被逮，再加上她發現了刃更真正的想法，兩人信賴關係更上一層樓，戰鬥力因此獲得提昇。原本，光是平息主從契約詛咒是不可能提昇戰鬥力的；事情如果能這麼簡單，結了主從契約的所有人早就擁有超越魔王、堪稱魔神的力量。

而現在——澪和刃更又獲得了提昇的機會。

刃更等人並沒有能夠捨棄如此寶貴機會的餘裕——特別是澪。僅是一次提昇戰鬥力，根本不足以使她達到不會造成刃更等人困擾的程度。

更重要的，是為了不負她戰鬥的初衷——向殺害養父母的仇敵報仇雪恨。

——成瀨澪還記得，她以為是親生父母的養父母在她眼前喪命時，那個魔族凶手造成的壓迫感是多麼地可怕。

但澪依然決心消滅那個魔族，一報弒親之仇，無論要經過多大的磨難。所以——只要能和並肩作戰的刃更一起強化，成瀨澪自然在所不辭，哪怕是多麼令人羞恥的事。

因為……

即使知道澪是前任魔王之女，刃更還是情願保護她，不惜冒上生命危險。

於是，為了回應刃更一片心意並予以回報，成瀨澪說：

「……拜託，哥哥。」

澪口中的懇願就是這麼簡短，但已經足夠。

哥哥——簡單兩個字，就讓澪和刃更的關係徹底改變。

從重要的家人，成為誓言效忠的主人。對成瀨澪而言，東城刃更是唯一且絕對的人物。

「……知道了。」

刃更也短短回答後，一旁的萬理亞沉靜地再度提議：

「為安全起見，兩位就到淋浴間裡去吧。雖然第二節課應該沒有女生的游泳課，我也放了驅除人類的魔法作保險——可是在這裡萬一真的有人闖進來，還是有曝光的危險呢。」

第1章
# 失控的蘿莉色夢魔

就這樣，澪被刃更和萬理亞送進了淋浴間最深處的隔間。

由公主抱的姿勢放下地面後，澪現在以跪坐之姿兩腿彎曲平貼在磁磚地上。

「…………嗯。」

全身受甜美熱流侵襲的澪，看見萬理亞對刃更竊竊耳語。恐怕，是在教導他如何以更強烈的方式使澪屈服吧。

——提昇戰鬥力，需要超乎想像的壓倒性屈服。上回是刃更的楓糖揉胸弄得整個人都快融化，身與心都徹底烙下了快感的印記。

……我這次又會怎樣呢……？

第二節課已經開始，如果願意，接下來有很長一段時間能用在這「屈服」的動作上。

想到這裡，澪吞下積在口中的濃稠唾液，愉悅得驚人的顫抖跟著竄過全身；有團甜得發疼的熱度，開始在胸中和下腹底側堆積，熱得澪兩眼昏花、意識飄渺。這時——

「……抱歉，久等了。」

刃更終於出聲，轉向了澪。不知何時，原先掛在牆上的蓮蓬頭已經握在他右手裡。

「那個……是要做什麼……？」

「刃更哥是要先幫澪大人火燙的身體冷卻一下。」

萬理亞回答澪的同時，蓮蓬頭吐出輕弱的水流，水溫是最低。刃更將那冷卻到極限的水逐漸拿近——

「——太冷就告訴我。」

並輕聲這麼說後，就從雙足開始淋起。冰冷的水流過因催淫詛咒而極度敏感的火燙身體，竟舒服得超乎想像——

「嗯……！」

腳尖、腳背、腳底、腳踝，澪接連在細小搔癢中獲得快感。

……為什麼……明明只是沖水……！

輕柔的冷水愛撫所帶來的快感，使澪驚訝得藏不住反應。

當水流緩緩地愈沖愈高，快感也隨之逐漸增強。當腳尖到大腿的下肢部位都仔細淋濕時——

「……！啊……呼……嗚……嗯！」

澪已經再也忍不住，嘴裡洩出引人遐思的喘息。

……怎、怎麼辦……

接著，澪的心跳忽然加劇。因為大腿已經濕透的她，想像了蓮蓬頭接下來即將淋濕的部位。

——成瀨澪將東城刃更視為自己的主人般信任，所以能接受他對自己所做的各種行為，進而加深主從羈絆。因此，假如他想淋濕那裡，澪自然是不會拒絕。

「咦…………？」

但刃更卻避開了澪最敏感的部位，改由手淋起。

為什麼？澪心想。若要讓人屈服，那裡不是最有效的地方嗎？這時——

「呵呵……這您就不懂了，澪大人。」

萬理亞看穿了澪的心思般說道：

「澪大人的那裡，是必須熱到會燙人才行的地方，沖涼這種事可是萬萬不可啊。再說，那裡不沖水也會濕啊。」

「！…………」

萬理亞對害羞臉紅的澪吃吃竊笑，刃更則是默默地將水淋上她的手肘，接著是上臂、肩膀，蓮蓬頭逐漸沖濕在毫無異常的狀態下也相當敏感的部位，經過背部、頸項——然後來到鎖骨。

「嗯！——呼、唔……嗯……哈……！」

脆弱部位接連淋濕的澪身體不時抽搐，但仍咬著唇拚命忍住聲音。就算人在催淫詛咒影響下，澪也不希望被刃更視為沖沖水就會興奮的女人——但是，再能忍也到此為止了。

刃更的視線，移向了澪那對快把狹小泳衣擠爆的巨乳上。

「啊…………」

澪不禁吐出一絲熱氣。那是抗拒主從契約、與高志等人對決前夕等時候，刃更一再使她屈服的敏感部位。終於，這裡也要被攻陷了。

即使隔了層泳衣，卻一點緩衝作用也起不了。當催淫詛咒發作的當下，澪胸部的感度就已經暴增到隔著襯衫揉捏就能輕易高潮的地步。現在就算只是沖水，會造成何種反應也很難說。

當刃更挪動蓮蓬頭，淋濕澪如此敏感的胸部——

「呀……嗯、啊……！唔……哈、嗯……！」

從胸部深處迸發的快感衝過全身，讓澪再也忍不住出聲。

……討厭，我怎麼在學校叫成這樣……！

雖然明知不應該，失控的澪還是無法自制。

而刃更只是默默看著這一切，視線刺得澪更加狂亂。

接著——敏感的胸部充分淋濕後，水流無預警地停下。

「哈……嗯啊……呀……嗯。」

水流帶來的快感逐漸緩和，澪跟著在愉悅的深呼吸中發現一件事。

……啊、啊……

胸部尖端因冰冷起了反應，頂起泳裝，猥褻地強調其中飽含的快感。

隨後，刃更挽起澪的腰，輕輕將唇貼近胸部其中一側。

「！……不、不要……哥哥也會、濕掉啦……！」

但澪沒有機會說出「先等一下」。刃更無視澪撒嬌似的掙扎，隔著泳衣將胸部尖端一口氣含進嘴裡，並用力吸吮。剎那間——女子更衣室的淋浴間成為了成瀨澪首次在校內高潮的地點。

「————」

巨大的罪惡感轉為快感，使澪全身痙攣、眼前一片白地嬌聲大叫。

背梁同時下意識地反曲，腰臀不由自主地抬起——反應就是如此激烈。

這樣的快感，要使澪屈服已極其充分，然而——

「……？不要、哥哥……等、等一下……！」

刃更繞到仍浸淫在高潮餘韻中的澪背後，雙手從胸部兩側探進泳衣。刃更的手就這麼在狹窄的泳衣內長驅直入，放肆地揉起澪的雙乳。

還來不及調適呼吸，澪又在刃更的手中衝上另一波高潮。

……討厭，身體愈來愈熱……！

再度激起的強烈高潮，使澪感到自己體溫的增加。

但刃更沒有就此停手。澪的胸部和刃更的手，在濕透的泳衣中貼得前所未有地緊，彷彿合而為一。下一刻，澪那對緊繃硬挺、敏感的胸部尖端被刃更同時用力一捏，再撥弦似的上下刷動，彷彿在宣示要澪屈服於快感下的決心。

「哥哥——不要、哥哥……啊！」

一次又一次的高潮，使澪全身震顫不斷地嬌聲呼喊刃更。藉由不斷呼喊主人，澪不斷加深自己的屈服、感受他的存在對自己是多麼地至高無上。

然而——主從關係加強時所產生的光芒卻遲遲未現。

「……呀、奇怪……嗯、為什麼……？」

「這表示，如果澪大人和刃更哥想要更上一層，光是對胸部揉啊吸的來高潮已經不夠了——就算地點換成學校也一樣。」

「不、不會吧……怎麼、怎麼這樣……！」

萬理亞的話，讓仍被揉著胸的澪發出錯愕及愉悅交摻的聲音。

……不、不行再進一步啦！絕對不行……！

簡直不敢相信。感覺都這麼強烈、都這麼屈服、都這麼誓言永遠服從刃更了——怎麼可

能還是不夠呢？這時──

「──────」

刃更突然停止動作，還把手抽出了泳衣。

以眼神問「為什麼」的澪，很快就明白了他的意圖。

「！……哥哥，你要做──啊啊啊！」

突然間，澪又被刃更導向輕微的高潮。

因為他從泳衣胸側硬把蓮蓬頭插了進去。

「刃、刃更哥……？」

一旁的萬理亞也嚇得疑惑地問。

那表示，刃更的行動是他自己的主意。

但是，成瀨澪很快就明白這強迫性的即興演出還有後續。

因為蓮蓬頭抵住了澪的左胸──那鼓脹的尖端。

……騙、騙人……

成瀨澪一想到自己接下來會是什麼樣子，就不禁渾身打顫。

她確信，自己就要屈服在過去無與倫比的猛烈快感下。

「！……啊……啊啊！」

第1章
# 失控的蘿莉色夢魔

感到那瞬間緊迫在即，澪的聲音和身體都開始發抖——

「——我馬上就搞定。」

而刃更卻以鎮靜的眼凝視著澪這麼說道。

然後，右手從背後繞到澪的身前，並緊緊扣住左肩。

「————！」

於是澪也緊抓住他的手。她很明白，想更加深雙方信賴關係就必須接受這種事，很快就做好了心理準備。

而受澪交付一切的主人——刃更，一個字也沒多說。

只是在轉眼之後用空著的左手將水量一口氣開到最大，這瞬間——

「！————呀啊啊啊啊啊啊啊啊啊啊啊啊啊！」

泳衣中噴發的激流使澪用盡全力般放聲尖叫。強勁水流在澪敏感至極限的胸部上肆虐，高潮一下子就淹沒了澪。但事情沒有這麼簡單就結束，蓮蓬頭滾滾不絕的水仍無情地侵犯著澪的胸部。

「呀！哈啊！嗯！啊啊！呼啊啊啊嗯！嗯啊！啊啊啊啊啊啊！」

連續高潮化為快感的風暴，迅速吞噬成瀨澪的一切。

長髮披散、白頸高仰、小蠻腰淫褻地扭動的澪，即使全身在激烈快感中不斷抖動，刃更也依然緊抱著她不放。一手抱不住她就再補一手，將她牢牢固定。

就這樣，澪一轉眼就順著嬌喘吐盡了肺中的氧氣。

「……啊……呀……啊啊！……啊啊……！」

但她的意識和呼吸仍在不斷襲來的高潮中浮沉，且每一次都讓她的腰忘情地晃動。很快地，澪在緊抱著她的刃更手中，體驗第十次連口氣都沒機會喘的連續高潮。這瞬間——憑空迸現的閃光包圍了澪和刃更。

那是宣告澪和刃更戰鬥力獲得提昇的光輝。緊接著——

「————！」

緊抱著澪的刃更即刻反應，為幫助澪解脫而採取行動。

但兩手都抱著澪的他無法關閉蓮蓬頭。

——那麼刃更是打算做什麼呢？澪很快就以自己的身體嘗到了答案。

由於澪的掙扎，蓮蓬頭溜進了深邃的乳溝之間——為了停止它造成的快感狂潮，刃更兩手抓住澪的泳衣肩帶，一口氣往下猛拉。

「不——啊啊啊啊啊啊！」

這樣的動作，造成積在泳裝裡的水四處飛濺，澪的胸部也同時完全暴露在刃更眼前，在令人顫抖的羞恥中衝上至今最激烈的高潮。

第1章
# 失控的蘿莉色夢魔

那是——少女極端敏感的胸部尖端遭粗暴脫下的泳裝擦過，大得誇張的胸部跟著煽情地跳出狹窄泳衣所帶來的絕頂高潮。

「——啊……哈、啊啊……嗯、不要……啊……嗯……」

終於脫離連續高潮的澪，在餘韻的沉醉中吁吐熱氣。

「妳到最後都做得很好……很勇敢喔。」

刃更輕聲耳語的同時，溫柔地摟住她脫下泳裝而赤裸的上半身。溫暖、輕柔的聲音和擁抱彷彿在這一刻沁入了澪的體內，遍布全身。

「嗯……」

……啊……哥、哥……這樣啊，我這次也沒讓你失望……

真是太好了。澪整顆心都放鬆了。哥哥又稱讚了我……好高興喔。

希望自己的努力能獲得哥哥誇獎的妹妹，就這麼撒嬌似的蹭個不停。

在意識仍受劇烈快感殘滓裹覆的澪，在刃更厚實的胸膛上蹭起臉頰。

接著，一隻手柔柔地撫上她的背。那正是澪所期望、勝過千言萬語的答覆。

儘管非常害羞，神智也舒服到混亂不清——但一切都值得了；因為自己這次又成功幫助了刃更，將自己與主人結合的情感與力量，又更加深了一層。

擁有一個能讓自己這麼想——讓自己情願奉獻一切的主人，是令人如此地喜悅。

在洋溢的幸福中，成瀨澪緩緩閉上雙眼。

之後的事，澪就記不清了。

只依稀記得——自己的一切都漂浮在刃更的溫暖包圍中。

## 5

刃更所給予的十數次高潮，讓澪的意識完全飛走了。

或許是受到海嘯般的快感一再侵襲，讓她的身心都渴望休息吧。

但她的呼吸和脈搏相當安定，依萬理亞所見，並無大礙。

所以刃更將澪抱回更衣室，請萬理亞拿毛巾擦乾她的身體並換上制服以防感冒；自己則是避開周遭耳目，小心翼翼地摸回男子更衣室換回制服，再回到泳池邊的女子更衣室和她們會合。將不省人事的澪抱到保健室後，刃更對保健室老師長谷川說澪有點發燒，想讓她在這裡稍躺一會兒，並交代施了魔法、不會被長谷川這普通人看見的萬理亞陪澪到醒來為止，然後就回去上第三節課了。

——爾後，澪在午休鐘響後不久醒來，和萬理亞一起回到教室，繼續上完下午課程。現

## 第1章 失控的蘿莉色夢魔

在——時間來到放學後。

「……真是的，萬理亞跑哪裡去啦？」

東城刃更在校內四處走動找人。

——萬理亞陪澪回教室時，同樣沒讓其他人看見。

一起度過午休後，她說自己絕對不會亂來，刃更就准她待到第五節下課為止。結果死性不改的她，果然對課間無法反擊的刃更極盡惡搞之能事。

所以刃更撐到第五節下課就把萬理亞狠狠訓了一頓，叫她第六節起只能乖乖待在走廊上，什麼也不許做。

……她是先回家了嗎？

不，應該不是。自己是吩咐萬理亞待在走廊，假如想回家，她至少會先出個聲，不太可能一聲不響就走。

那麼她到底會是怎麼了呢？手機打了好幾次都沒接。

不會吧……

一想到可能有個萬一，東城刃更的表情就僵住了。

屋頂上那時，雖然只是發現學生情侶躲在隱蔽處偷偷親熱——但說不定第六節課途中真的有敵人來襲，去查看狀況的萬理亞就這麼遇上敵人，然後開打——

不對……

若是如此，應該會聽見戰鬥的聲響；就算他們設下了能夠隔音的結界，也必然會造成魔力反應，刃更他們應該會發覺。

——那麼，萬理亞會不會是中了敵人的偷襲，不僅無法抵抗，就連向刃更幾個求救也辦不到？從這最壞的想像中回神時——

「…………！」

刃更才發現自己已經在走廊上跑了起來，臉上滿是緊張。

「可惡……果然應該請澪和柚希幫忙找的。」

澪在午休回到教室時，對擔心地前來關切的刃更回答「沒事」，但態度卻相當不自然；滿臉通紅，眼睛也不敢和他對上。之前讓刃更看見她亂性得那麼誇張的樣子，所以現在還在害羞吧；所以刃更也紅了臉，氣氛跟著尷尬起來。由於只要一看到彼此，那些激情的片段無論如何都會浮現眼前，刃更就乾脆讓澪先回家，並請柚希陪著以免她落單。

——但比起害羞尷尬，萬理亞的安危重要得多了。我怎麼會……

這時，在放學後的校舍走廊上狂奔的刃更——

「——找到了！」

忽而在窗外景色中發現他遍尋不著的少女，趕緊煞住腳步。

「那傢伙跑去那種地方幹麼啊……！」

難怪找不到。那是交錯的建築物之間狹窄得無法有效利用的空地，一般時候是不會有人踏進那種地方。刃更跟著想開窗喊人——

「咦……？」

伸向窗鎖的手卻在半途停下。因為人在中庭的萬理亞，並不是獨自一人。但在這學校裡，萬理亞不該在刃更、澪和柚希以外的人面前現身，而她也不是正和敵人對峙——所以對方會是誰呢？

「……瀧川？」

東城刃更愕然地念出對方的名字。和萬理亞在一起的人，就是瀧川八尋。

「他們為什麼會……？」

這畫面，使刃更無法相信地如此低語。這時，萬理亞和瀧川像是結束談話，在不敢輕舉妄動的刃更眼中各自往不同方向輕步離去。

不能再追丟她了——刃更急往萬理亞的方向跑，最後在下到一樓、衝出學生出入口時遇上了她。

「啊，刃更哥！呀呵～」

一看見刃更，萬理亞臉上就浮出活潑的笑容揮起手來。

「『呀呵』個屁啊，真是的……妳怎麼隨便亂跑。」

「對～不起啦。待在走廊什麼也不做，實在比我想像中無聊太多了嘛。說不定提水桶在走廊罰站真正折磨人的不是水桶重，而是無聊喔～」

「我說妳……稍微反省一點好不好？」

刃更嘆著氣這麼說，並往萬理亞的表情偷瞄一眼。

……不會、吧。

她的側臉自然得和平常沒兩樣，讓東城刃更心想——或許自己是因為知道佐基爾打算對澪不利，所以變得神經過敏了吧，就像誤以為屋頂上的小情侶是敵襲一樣。

——其實，萬理亞和瀧川見面的原因，有很多複雜的可能。

畢竟瀧川也是魔族——還是覬覦澪的現任魔王派派來監視她的眼線。

不過，他事實上是屬於傾向保護澪的勢力——穩健派，正潛入現任魔王派臥底，但萬理亞應該不知道這件事。

知道瀧川真實身分的，就只有刃更一個；所以在看穿他實際陣營的當下，就遵從「欺人先欺己」這句格言，瞞著所有人與他聯手，作為緊要關頭的殺手鐧。所以萬理亞眼中的瀧川，應該和澪或柚希一樣，只是刃更的同班同學才對。

當然，他們同屬穩健派，曾打過照面也不是不可能——

可是……

萬理亞或瀧川未曾提及相關的隻字片語。今天午休時，刃更一見到萬理亞陪著澪進到教室，就立刻向瀧川說明原委，請他裝作看不見萬理亞，而瀧川也真的照辦了。

所以若從信任萬理亞和瀧川的角度來看，兩人應該毫無接點。

那麼——剛剛他們見面又是為什麼？使用魔法讓普通人看不見的萬理亞和裝成普通人的瀧川一起出現，要怎樣才說得通？

……會不會是萬里亞因為某些緣故解除了魔法，不巧被瀧川撞見呢……

這樣的可能性確實不是零，這麼一來，情況就是瀧川主動找萬理亞談話，但問題是——像瀧川這樣有祕密身分的人，會主動接近萬理亞嗎？當刃更從瀧川的角度來思考可能的原因時——

啊……

刃更想起一件早該察覺的事。儘管放學到現在已經有段時間，離校尖峰早已過去，學校裡還有不少留校參加社團活動的學生，刃更兩人所在的學生出入口也仍有人出入，卻完全沒人注意到明顯不屬於這學校的萬理亞，表示她人在隱身魔法影響下。

到這裡，是沒有什麼好奇怪的；但假如萬理亞根本沒解除魔法——剛才萬理亞和瀧川是碰巧遇上而對話的唯一可能，就不存在了。

「？刃更哥，怎麼了嗎？」「！……沒事，沒什麼。」

在疑念迅速膨脹的節骨眼上被萬理亞這麼一問，刃更立刻裝蒜混過去。

……可惡！

一想到某種可能性，東城刃更就緊張得整個心都涼了。

那是最壞的情況——成瀨萬理亞和瀧川八尋兩人，對刃更有所欺騙的可能性。

——即使明知瀧川的真實身分不可能永遠瞞下去，也沒有這個意思，但刃更還是希望在打倒佐基爾之前，能向澪等人保密。

敵人是高階魔族，聽說他的屬下心腹也個狠角色；若少了瀧川當緊急保險，勝算實在不高。因此，假如萬理亞和瀧川的祕密關係是保護澪的必要處置，倒是無所謂。萬理亞一定也準備了一、兩樣刃更不知道的緊急保險，就像現在刃更所做的一樣。

可是——假如他們是惡意欺騙，圖謀不軌呢？

倘若瀧川被刃更看穿身分而祕密合作，以及萬理亞自稱不知道瀧川的真面目，都是為了謀害刃更的陷阱；那麼己方可說是被逼進了非常危險，甚至令人絕望的處境。

——萬理亞是珍貴的夥伴，也是重要的家人，實在不想這樣懷疑她。

但刃更無法就這麼當做什麼也沒發生。於是和萬理亞一起拿回留在教室的書包後，刃更確定教室沒其他人，就口氣平然地對她問：

「……萬理亞啊，剛剛妳是不是和我們班的瀧川在說話啊？」

那是出於祈求一切沒事的心情、即將牽動種種命運發展的問題。接著——

「咦？刃更哥你看到啦？哎呀～就是啊。」

萬理亞卻不當一回事地立刻這麼回答。

「想不到才一陣子沒來，我就把學校的詳細構造給忘了呢。後來我自己到處探險，不小心跑到了怪怪的地方，整個迷路了。所以只好暫時解除魔法，找附近經過的人問路囉。」

「…………………咦？」

出乎意料的答覆，使刃更腦筋一時卡死。

「結果運氣不錯，碰上了刃更哥的好朋友，真是省了我不少麻煩；畢竟澪大人雖然是學校裡無人不知的人氣偶像，可是知道她有妹妹的就不知道有多少了嘛。要是經過的是個不太了解的人，別說是校外人士，就算把我當成可疑少女都有可能呢，好險好險。」

東城刃更傻愣愣地聽萬理亞這麼說，並想——

……暫時……對喔，這樣不就沒問題了嗎。

即使想不通瀧川能用什麼理由找上萬理亞，但假如是迷路的萬理亞暫時解除魔法找人問路，又是另一回事了。

就整個狀況而言，這樣的解釋也十分合理。如果負責護衛澪的萬理亞單獨在校內到處閒晃，引起瀧川的注意而跟過去看看樣子也不奇怪。

「什麼嘛……原來是這樣啊。」

刃更放心地摸摸胸口，而萬理亞又接著說：

「──所以呢，我以後打算定期來學校走走，努力熟悉學校構造。刃更哥要不要也加入我的行列呀？我們再一起躲進置物櫃裡故意讓澪大人發現，然後反過來調教她怎麼樣？」

「妳這蘿莉色夢魔是學不乖嗎！」

刃更聽了就反射性地往握拳竊笑的萬理亞一拳搥下，可是──

「…………受不了。」

他最後只是這麼說，把手「噗」地按在萬理亞頭上。

「？那個……你不打我嗎，刃更哥？」

刃更對意外的萬理亞嘆了口氣，說出一直擺在心裡的話。

「……我很擔心妳耶。妳突然不見，害我以為妳遇到什麼事了。」

也許是感到刃更是真的擔心吧，萬理亞輕輕「啊……」了一聲──

「…………對不起。」

最後垂著眼睛低頭這麼說。於是刃更溫柔地摸摸她的頭說：

「妳知道就好。對了……以後妳如果要來學校，記得先通知一聲；到時候不只有我，還可以找澪或柚希陪妳一起逛逛學校。大家聚在一起，還可以順便討論有個萬一時該怎麼分配行動啊。」

「…………好啦。」

可能是口氣重了一點吧，對刃更點頭的萬理亞表情悶悶不樂。

我又不是想看妳這樣才說這些話。刃更搔了搔臉頰，捏住萬理亞的鼻子稍微用力一揪。

「呼耶！——很痛耶！」

萬理亞因刃更這突來的舉動嚇了一跳，刃更跟著放手，莞爾一笑。

「我們該回去啦。要是拖太久，澪和柚希會擔心的。」

再怎麼說——我們今天實在幹了不少蠢事，要是澪誤會我們又鑽進哪個糟糕的地方，不被她電死才怪。不是比喻，是真的。

聽了這話，萬理亞「好」地點點頭——然後一起踏上歸途。

無論是經過無人的走廊，還是在學生出入口換鞋到室外，萬理亞都沒有出聲，默默地跟在刃更幾步後。最後在走出校門不久時——

「…………那個，刃更哥。」「嗯？什麼事？」

背後突來的呼喚，讓刃更回過頭去。

「我們……可以牽手回家嗎？」

只見萬理亞抬著眼怯怯地這麼問，表情就像個惡作劇惹父母生氣後，試著縮短距離請求原諒的孩子。所以——

「……好啊，當然。」

刃更面帶微笑地伸出手。萬理亞小小的手，跟著疊在他的掌心上，刃更也溫柔地緊握住那彷彿有所不安的手。

表示他已經不氣了。隨後——

「……嘿嘿嘿。」

萬理亞開心地、又同時帶點歉意地笑了。

回家路上，刃更和萬理亞就這麼一直牽著手。

背著西沉的夕陽，追著自己細細長長的影子。

同時——兩人所面對的天空，夜幕已經半垂。

在難以見到星光的都會天空中，滿月就要緩緩升起。

# 第2章　功過難定的主從契約

## 1

主從契約魔法——是屬下用以向主人宣誓忠誠的魔法。

由於契約魔法將繫起主從雙方的靈魂，只要有心，隨時能感應彼此位置。彼此信賴關係加深到一定程度，主從雙方的戰鬥力也會獲得提昇。

另外，為了防止屬下背叛，契約魔法附帶了相應於施術者特性的詛咒；一旦屬下對主人感到愧疚，詛咒即會發動。

……換個角度想，這魔法還真是可怕。

東城刃更躺在自己房間床上盯著天花板，茫然想著關於契約魔法的事。

——和萬理亞回家、跟澪和柚希等四個人一起晚餐後，這三個和他同居的女孩要他先在房裡等著，而他也照辦了。

今晚是滿月，在人界唯一能施放主從契約魔法的日子。

第②章
# 功過難定的主從契約

再過不久——繼澪之後，柚希也要和刃更締結主從契約。

——起先，刃更對於與柚希結契約，態度非常消極。

刃更是為安全起見才和澪結契約，卻讓澪從此一對刃更抱持罪惡感就陷入催淫狀態，反而帶來很讓人吃不消的精神負擔。

特別是除了以快感使屬下屈服之外別無他法，使得澪不知道受了多少恥辱，像白天在女子更衣室和淋浴間發生的事就是因為這點。所以，刃更當時認為沒必要讓柚希也無端受這種罪。

可是……

能夠感應彼此位置、能夠藉加深主從關係提昇戰鬥力。

這兩樣益處相當重大，就現況而言，刃更有幾次也是因為這些益處而拯救了澪、成功應戰強敵。往後，將面臨不得不和力量更強大的高階魔族一戰的情況，因為澪誓言復仇的弒親仇人——佐基爾，就是這樣的高階魔族；再加上對方也為了爭奪澪而有所行動，這場必然的衝突相信已經不遠，早日找出對策是刃更等人的當務之急。

——刃更和柚希結主從契約，就是在這樣的狀況下產生的對策之一。

柚希雖身負勇者一族「村落」的命令，負責監視澪；但和澪一起生活、一起行動的她，在敵人眼中不過是刃更的同伴——不，柚希曾為刃更和澪忽視命令，做出等同背叛「村落」

的舉動，已經是刃更等人寶貴的戰友。佐基爾來襲時，柚希一定會為刃更等人而戰吧。

但儘管那是一大助力，也表示柚希的性命暴露在危險之中。為了減少風險，萬理亞才建議刃更也和柚希結契約。

相較於知道契約風險而為難的刃更和澪，柚希倒是很乾脆地答應了萬理亞的提議；就算見到澪催淫詛咒發動的實際情形，她的決心也毫無改變。

不僅如此，她反而更積極地要求與刃更締結契約，逼得刃更只好投降。這主要是因為，日前和柚希上都心鬧區逛街時——柚希在購物途中忽然從刃更等人身邊消失了。

當時的焦慮和恐懼，東城刃更始終無法忘懷。刃更是真心地認為，與其失去柚希，他寧願結下主從契約。

——而現在，佐基爾這個明確的威脅已經逼近。

既然如此，至少在解決當前問題以前，繼澪之後和柚希暫時締結主從契約，應該是正確的選擇。畢竟今天這樣滿月的日子不只能締結主從契約，還能在雙方同意之下解除。

想到這裡，刃更的房門忽然敲響。

「……刃更，萬理亞和野中準備好了，你下來吧。」

刃更順著門後澪的呼叫在床上坐起。

「好……知道了。」

輕聲答覆後，刃更拋開雜念，向門走去。

刃更來到走廊，與澪一後一前地步下階梯。

先到一樓的澪，帶著仰望的視線回頭——

「我把話說在前面……你最好不要動什麼歪腦筋喔。」

並以有些鬧情緒、但也有些不安的眼神警告刃更。

「我知道啦……不過，也沒什麼好擔心的吧，這次情況和妳那次也不太一樣。只要規規矩矩地弄，詛咒應該不會隨便發動吧。」

是的。刃更和澪結約時會弄得一團亂，是因為魔法發動後發現原先設定的主從關係顛倒了，使澪拒絕結約所致；若按照正常程序進行，不會有任何問題。可是——

「………要知道，我很相信你喔。」

澪嘟噥著這麼說後，就擱下刃更先一步進了客廳。

她是怎麼啦？刃更心裡抱著問號隨後跟上，腳一伸進客廳——

「————」

就瞬間明白了澪說那些話是什麼意思，不禁愣在門邊。

# 第②章
# 功過難定的主從契約

畫在地板上的符文構成了一個巨大魔法陣，柚希就站在那中央。若只是如此，還不足以使刃更傻住；把他凍結的，是柚希的裝扮。她身上穿的，是性感的白色馬甲和吊襪帶——常用來勾動男性慾火的內衣。

不禁為那性感女神般的模樣看傻眼的刃更很快就回神，急忙轉身。

「——對、對不起……不對啊，妳幹麼穿那樣！」

柚希跟著在驚慌大叫的刃更背後有點害羞地回答：

「因為我說不想輸給成瀨同學……萬理亞就拿這個給我穿了。」

「妳是想跟她比什麼東西！不對，問題應該是為什麼穿成這樣就不會輸給她吧！柚希妳不要被萬理亞騙了，她只是想看妳穿這樣而已啦！」

「刃更哥，這可是天大的誤會，我只是順應柚希姊的心願而已。」

「騙誰啊！妳一定是想藉這個狀況趁亂拿人尋開心！」

氣死人。看她在回家的路上有點沮喪還為她擔心，現在就原形畢露是怎樣。只要有一點縫，妳就要硬擠進去嗎。

……既然事情都這樣了，為什麼不事先告訴我啊？

刃更對澪投以責怪的眼神，澪則是稍臭著臉轉一邊去。

看來澪也曾試圖阻止這個狀況，但終以失敗收場。這時——

第2章
# 功過難定的主從契約

「……刃更，你轉過來嘛。」「不要，拜託妳先換套衣服好嗎，柚希？」

對於柚希的請求，刃更以更低下的懇願答覆。

「…………………………」「……咦？那個，柚希小姐？」

背後忽然一陣殺氣騰騰，讓東城刃更慌了手腳，戰戰兢兢地問。這沉默——明顯是柚希發火的反應，而她的回答是——

「刃更……要是你五秒以內不轉過來，我就要一件件脫光。」「遵、遵命，對不起！」

刃更立刻觸電似的乖乖轉身。我在道什麼歉啊……雖這麼想，刃更還是違抗不了以脫光作要脅的女生。柚希惹火的裝扮，讓臉紅的刃更眼睛東飄西躲；而柚希儘管害羞，表情卻彷佛有所滿足。

……可惡，她在得意什麼啊。

澪和萬理亞偶爾也會故意穿得裸露點、擺幾個性感姿勢或是用較為親暱的動作來捉弄刃更，她們那時候的表情就像現在的柚希一樣。難道刃更的反應真的這麼有趣，值得她們犧牲色相來看上幾眼嗎？

萬理亞被刃更稍帶怨恨地一瞪，反而笑得更開心了。

「呵呵。差不多了，我們快開始吧。」「……好啦，要弄就快點弄一弄。」

在刃更略顯放棄地這麼說，等同獲得全場一致同意，一切準備就緒。

和與澪結契約時一樣，大家各就各位。

「……這次不會再搞錯誰是主人了吧？」

「包在我身上。要是讓刃更哥變成柚希姊的屬下，澪大人也會連帶變成她的屬下，所以我這次絕對不會失手。」

萬理亞「咚」地拍了一下胸脯，然後牽起身旁柚希的手。

「——那麼，柚希姊，要開始囉？」「嗯……知道了。」

柚希一點頭，魔法陣就發出光芒，然後柚希和刃更的身體也接連散發同樣的光——不一會兒，刃更右手背上浮出了魔法陣。見狀，刃更放心地摸摸胸口。

「好……柚希，妳知道之後該怎麼做吧？只要親我手背上的魔法陣——」

「…………我不親。」

「對，不親……呃，咦？妳、妳在說什麼啊，柚希……？」

柚希對不禁傻愣的刃更嗚鼻「哼」了一聲，四目相對地說：

「我一開始就決定——絕對不要用正常方式結契約了。」

野中柚希，看著眼前的刃更明顯地緊張起來。

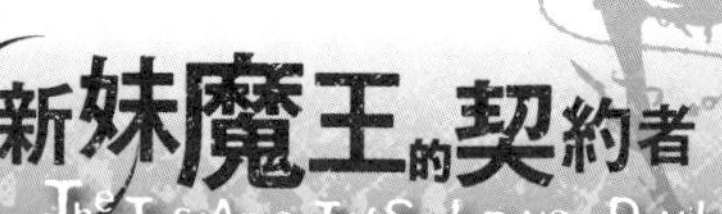

第②章
# 功過難定的主從契約

柚希最愛的青梅竹馬嚇得嘴巴一張一合——

「妳、妳在說什麼啊，柚希……？」

並慌慌張張地湊了上來，伸出浮現魔法陣的右手說：

「萬理亞說過了吧？要是不趕快親，等到魔法陣消失就麻——」

「——我知道，那也無所謂。」

柚希和一臉焦急的刃更完全是兩個樣，若無其事地這麼說，視線接著轉向澪——

「我剛才說得很清楚……我不想輸給成瀨同學。」「…………………………」

聽了柚希的宣言，面向一旁的澪默默地朝她一瞥。

其眼眸深處，並不見刃更那樣的緊張，恐怕是早料到柚希會說這種話了吧。這讓柚希感到澪確實是個強敵，但讓她更在意的是——

……我不能輸。

澪和刃更締結主從契約時身體起了怎樣的變化，柚希全都聽說了。

就連之後刃更對澪做的各種行徑，也沒有錯過。考慮到刃更和澪的處境，那都是莫可奈何的事吧；但論及對刃更的重視，柚希絕不輸給任何人。所以，柚希不可能在一旁咬著手指，漠視刃更和澪這樣的關係；若條件無法對等，連比都沒得比，再說——

……只有條件對等也不夠。

當然，對刃更的忠誠度，柚希也有絕不在澪之下的自信；但無法否認地，自己還有對男女戀愛的相關知識相當缺乏這項弱點，而且起步較晚。不比澪多付出成倍的努力根本追不上，更別提超越了。

所以她才請萬理亞幫忙，穿上這麼丟人的內衣。但就算如此——

……如果讓契約那麼簡單就結束，一切就白費了。

據說澪結契約時，撐了九次才肯屈服，之後刃更也一再地對她做同樣的事；甚至今天游泳課後，又背著柚希做了一次。

而這些全是事實，可不是開玩笑的。那麼今天，自己一定要把這些差距一口氣追過去才行。

「柚希……」「沒關係……你對成瀨同學怎麼做，就對我怎麼做吧。」

野中柚希對擔心地看著她的刃更說道：

「拜託你，刃更——占有我吧。」

柚希話一出口，刃更手背上的魔法陣跟著消失。剎那間——

「啊——……」

下腹深處——女性器官所產生的甘甜酸楚，讓柚希渾身一顫。

同時，就連與刃更在電車中緊貼、昨晚因萬理亞的提議而和澪一起穿連身泳裝隨刃更擺

第②章
# 功過難定的主從契約

布時都無法比擬的感覺一舉湧來。

「！……啊……嗯、呀……啊……嗯……」

柚希煽情扭動之餘，搖搖晃晃地靠近眼前刃更——

「——唔。」「！——呼啊啊嗯！」

刃更跟著雙手環抱住她——僅僅如此，就讓柚希全身一陣酥麻。

……這是、什麼……？

當訝異的柚希在刃更懷裡聲聲嬌喘時——

「來吧，刃更哥……這次換刃更哥順應柚希姊的心願了。」

萬理亞笑嘻嘻地這麼說後，抱著柚希的刃更——

「……知道啦。既然都變成這樣了，我也只好做啦——做就做嘛。」

以較平時更低沉的語調如此宣告。

「那就請移駕到這張沙發上，從找出柚希姊的弱點開始吧。」

「…………………」「…………………」

聽了萬理亞這句話，柚希和刃更默默對看了一會兒。

一切盡在不言中。柚希將全身重量交給刃更，刃更將柚希抱向沙發——並讓她仰躺在沙發上。

接著，刃更幾乎要疊上她似的靠近——

「……我要摸囉，柚希。」「嗯……」

全身發燙的柚希一點頭，刃更的手立即在柚希身上遊走。

刃更的動作十分溫柔。那彷彿顧慮到柚希身體變得特別敏感的運指方式——

「！……呼、啊……嗯……不要……啊！嗯……嗯……！」

使身穿撩人內衣的野中柚希，在沙發上嫵媚地扭動。

無論刃更摸哪裡，都舒服得教人無法相信；每個動作，都讓一陣陣的快感在柚希全身奔竄，腰際愈來愈熱。對於表現出如此敏感反應的柚希，刃更稍微猶豫了一下下——就在碰觸大腿和胸部之前；但在柚希以願意接受一切的眼神看來後，刃更還是出手了。

「呀……啊、呼……唔……哈啊！……呼啊、呀……啊……」

敏感的女性身體特別敏感的部位淪陷後，倍增的快感令柚希漸漸控制不住音量。刃更就是在契約進行中發現胸部是澪的弱點。聽說，當時澪胸部遭受徹底的集中攻擊而愈來愈難以自持，到了第九次終於將刃更認作主人。胸部受到撫摸的甜美快感，確實是比刃更碰觸的其他部位時要來得強烈，不過——

……這樣的話……可能還撐得住……

儘管稍有放鬆就可能一瞬間亂了性，但受過長期勇者訓練的柚希，對於痛覺等感覺有較高的耐力。澪是揉了九遍才投降，而自己似乎能撐得更久。

這樣就能贏過澪了──能一口氣趕上她。才剛這麼想──

「？……嗯、刃更……？」

刃更突然放開了柚希的胸部。還沒弄清楚是怎麼回事，刃更的手已經抬起了她的腰，下個瞬間──

「不要──啊啊啊啊啊啊啊啊！」

揉胸所無法比擬的快感立刻讓柚希全身顫抖不已。

……這、這是……怎麼了……

一切來的太快，使柚希的驚訝一時大於快感。萬理亞見狀，跟著愉快地說：

「呵呵！柚希姊果然是屁股呢。」「咦…………？」

柚希想了想才明白那是什麼意思。原來自己剛從萬理亞口中，得知了自己的弱點部位究竟在哪裡。

「啊、啊啊啊……」

刃更跟著將羞得滿臉通紅並全身顫抖的柚希翻成俯臥。

然後，從背後對她耳語：

「柚希……屁股抬起來。」

聽見刃更以命令口氣說的話，柚希全身忽然一僵。就算她對這方面相當陌生，也知道照做之後會發生怎樣的事，可是——

「！………」

柚希還是遵從了刃更。澪正在看呢。柚希說什麼也不願在她面前抗拒刃更，讓她認為自己是個忠誠心弱的女人。

所以柚希應刃更要求挺起腰，將臀部盡可能翹高般抬起。

「……！……啊、呼……」

刃更還沒動手，但柚希的臀已敏感地感到背後刃更的視線，不由自主晃呀晃地，彷彿在乞求刃更快點摸似的。於是——

「——我馬上就讓妳屈服在我手裡。」

那溫柔的聲音就像惡魔的哄騙，刃更緊接著朝柚希敏感的臀部使勁大把抓下。這瞬間——

「————」

有生以來初次體驗的快感狂潮，將野中柚希的視野沖成一片白。

……騙人、怎麼會……！

不只是視野，那是就連思考都要化為空白的驚人快感。

簡直不敢相信。竟然有這麼快樂的事。澪竟然能忍受這種感覺九次之多。

「————！」

但柚希仍緊咬住唇，拚命地提振自己的意識。接著——

「好銷魂的屁屁啊……和澪大人的胸部有得比呢。」

萬理亞不知何時來到柚希眼前，含著笑這麼說。仔細一看，她還拿著家用攝影機對著柚希猛拍——

「妳——妳做什麼啊……！」

見到亮起的錄影燈，柚希羞得驚慌失措，焦急地大叫。

「還會做什麼……不就是錄影嗎，拍妳淫蕩的樣子呀。」

幼少的夢魔理所當然似的淺笑著說。

「今天是柚希姊的奴隸紀念日，不好好記錄下來怎麼行呢？」

「妳……不、不要亂來啦……！」

萬理亞繼續對臉愈來愈紅、不斷扭動的柚希說：

「喔喲？妳不喜歡呀～？前幾天，我不是給妳看過刃更哥玩弄澪大人的影片嗎，現在只是做一樣的事而已嘛。我是因為柚希姊說不想輸給澪大人，才特地準備這些東西的耶。」

算了。

「既然妳不喜歡，我就收起來吧。澪大人也對攝影機有點排斥呢。」

「那、那當然啊！而且之前那次，妳事先什麼也沒跟我說就自己偷偷拿出來拍的耶！」

幾步距離外，澪面紅耳赤地大聲抗議。

「所以說——只要在知情的狀況下讓我拍，不就贏過澪大人了嗎？」

「什麼跟什麼嘛……！」「！…………」

哪門子的謬論啊。淫魔兼夢魔的萬理亞此話一出，澪和柚希相繼面露驚色。

「我是怎樣都無所謂啦。要繼續拍也行，要收手也行，我沒有強迫的意思。就算硬來也要逼柚希姊屈服，是刃更哥這個主人的工作嘛。」

「…………！」

萬理亞半挑釁的話，使柚希低著頭咬起了唇。見到柚希這樣的反應，萬理亞妖妖一笑，臉和柚希一樣紅的澪則是吞了吞口水。

最後，野中柚希握緊雙拳遮住臉——

「…………妳就繼續拍吧。」

擠出細小的聲音回答。這句話，表示她將自己交給了刃更和萬理亞。

然後在心中對自己說道——

……不要怕。光是這樣，人家才不怕呢……！

第②章
# 功過難定的主從契約

當身體在催淫效果逐漸增強的感覺中甜美細顫的同時，野中柚希如此堅定地告訴自己。就算不可能兩三下就追上澪至今高潮的次數，至少也要縮短距離才行。這時，刃更從背後對柚希溫柔地以告誡的口吻說：

「是妳自己願意的就好……可是不要故意勉強喔？」

說完，刃更再度使勁揉捏柚希的臀，剎那間──

「──────」

柚希衝上了第二次的高潮──接著很快就再也數不清了。儘管還能維持住意識，但她再也無心細數。臀部在刃更的狂揉猛捏之下不斷扭曲變形，每次都讓柚希高潮得全身抖動，嬌喘連連。同時──

……！……我的腰，怎麼自己……！

柚希不只是臀部因連續不斷的激烈快感而熱得幾乎冒火，還發現腰不受控制地搖晃起來。明明是這麼丟人、被揉得都要留下掌印，還有攝影機在拍，怎麼會……

刃更五爪每次一掐，野中柚希的臀就會淫亂地甩動，停也停不下來。

「呵呵，妳真是太棒了呢，柚希姊……平常聰明冷靜的樣子是很美沒錯，不過現在面對壓倒性的快感而壓抑不了女性本能的妳更有魅力喔。」

耳邊傳來萬理亞的聲音，但只是聽得見，無法理解萬理亞說了些什麼。現在的柚希，滿腦子全是刃更和刃更所賜予的快感。

那是沒入快感激流而再也無法思考的，女人的反應。野中柚希的肉體，正體驗著成為成人的過程；從懵懂無知的少女，成為嚐過快樂滋味的女人。

——但是，柚希依然咬牙忍耐著。我不要輸給澪。柚希的意識，仍死命緊抓著這堅決的一線意念。

「還真是頑固……要是花太多時間，對身體的負擔也相對地大喔？」

萬理亞搖頭嘆氣地說：

「刃更哥，換個姿勢怎麼樣呀？從背後進攻是別有一番風味在，可是這樣看不見你。用看見主人的姿勢做，可以讓柚希姊更快屈服喔。」

「…………可以試試看。」

刃更對萬理亞的建議點個頭，就改變柚希的姿勢，讓她面對面地坐在自己腿上。

終於有個人能抓的柚希，雙手立刻繞過刃更脖子抱住，接著——

「……拜託，刃更，不要只是弄屁股……」

全身受甘甜熱度包覆而意識朦朧的野中柚希如此請求。無論是多是少，柚希都想抓緊機會縮短與澪的距離。她要的不只是條件或關係，還包括了胸圍在內。

「……妳同意就行。」

於是刃更左手仍揉著柚希的臀，右手接連拉下柚希馬甲兩邊肩帶，揉起裸露的左胸，再張口含著鼓脹的右胸尖端，輕輕地吸吮柚希。

「呀！……嗯！不要，嗯嗯嗯！呼啊啊啊啊！」

柚希的身體因數度高潮而敏感至極，就算同樣是愛撫胸部，感覺也與之前完全不同，使她全身打顫的快感陣陣襲來。

「！……刃更！刃更……！」

柚希呼喊那即將從青梅竹馬升格成主人的名字後，刃更揉胸的手溫柔地撫摸起柚希的背；接著向下滑動，十指再度包覆柚希的雙臀，並忽然從後腰溜進內褲中。一直隔著一塊布所感受的刃更的手，就這麼毫無預警地與臀部直接接觸——

「————」

柚希遭到更高一層的快感猛襲，在刃更腿上劇烈抽搐，刃更捏著她臀肉的手也跟著左右晃動——意外使得內褲褪到刃更手腕邊，整個臀部就要赤裸裸地展現在眾人眼前。

「？刃更！……不行，內褲要——」

又急又羞的柚希忍不住向刃更求救，這時卻發生了一件難以置信的事。

柚希的身影，出現在客廳的電視螢幕上。

「————？」

柚希在驚愕之中左右張望，發現攝影機傳輸線被萬理亞接上了電視——

「——不知道妳這樣忍不忍得住喔？」

萬理亞笑嘻嘻地這麼說，並拿起遙控器將電視音量一口氣調高。

……不會吧！

這下就不能出聲了。只要一叫，外面肯定聽得一清二楚。轉眼間被逼進窘境的柚希，急忙巴著眼前的刃更看；刃更跟著對萬理亞投以責備的眼神，手卻似乎不打算放開柚希的臀。

一聲嘆息後，刃更正面凝視柚希的雙眼。

嘴也有所動作——說的是「對不起」。

接下來，刃更開始把十指大把緊扣的柔嫩肉團慢慢左右掰開。

『！……刃更，你要——！』

羞得不禁出聲的柚希，被電視爆出的自己的巨大聲音嚇得把話吞了回去。

這樣的退縮，也使得柚希停止抵抗。當她睜開眼睛，一切都太遲了。

火熱的臀肉就這麼被刃更一口氣撐開到極限，下個瞬間——

「————————」

被刃更在腿上淫褻地撐開雙臀的柚希，極力地嬌聲大叫。

萬理亞也按下遙控器的靜音鈕關閉電視音量，時間精準得分毫不差。

第②章
# 功過難定的主從契約

柚希成為刃更屬下的瞬間，被在場與會的成瀨澪看得一清二楚。

即使經歷過相同的事，但這還是她第一次目睹其他女性高潮的過程。

……天……啊……

在刃更懷中，柚希神情痴醉地沉浸在高潮的餘韻裡。內褲溜到大腿、馬甲半除雙乳袒露的模樣是那麼地妖豔，使澪不禁吞下積在口中的濃稠唾液。

……我也是那個樣子嗎……

第一次締結主從契約時、詛咒不經意發動而獲得解脫時。

還有日前和勇者一族戰鬥前，以及今天在學校的淋浴間，自己都是那樣子。

「！——」

一想起那些時候的自己和刃更，澪就渾身一陣哆嗦。明明身體熱得像火烤，卻有種舒爽的寒意竄過脊梁。這時——

「……澪大人，您還好吧？」「咦…………？」

經萬理亞這麼問，澪才發現自己癱坐在地板上。看著柚希變成刃更屬下的過程，自己竟然在不知不覺間軟了腿。對這樣的澪，萬理亞輕笑一聲——

「來，澪大人……請看。」

並指示澪朝某處看去。只見柚希失焦的眼慢慢回神，最後臉色也恢復正常。

「刃更——……」

當她喃喃地抬望刃更的瞬間——柚希和刃更全身都發光了。浮現在柚希頸部、表示主從契約詛咒的斑紋，染上了微微的紅色。

「咦……？那該不會是……」

「沒錯。結下主從契約的同時就獲得提昇，看來柚希姊前途一片光明啊。」

萬理亞一邊興沖沖地這麼說，一邊走向刃更和柚希。

——可是，澪無法跟上。並不是因為腿軟，而是他們第一次結契約就獲得提昇，實在——當然，澪那時發生了主從逆轉的意外狀況，也沒心情把刃更視為主人般崇愛，但澪總覺得柚希是達成了自己辦不到的成就——

「…………！」

看著柚希與刃更和萬理亞交談，澪靜靜地懊悔著。

不過，主從契約的詛咒沒有發動，因為她對刃更並無愧咎——現在澪的心裡，只有對柚希的不甘。這時——

「——那麼刃更哥，浴室我已經準備好了，你就帶柚希姊一起去洗吧。」

第2章
# 功過難定的主從契約

「咦！……我嗎？」

「你在緊張什麼啊？放著柚希姊不管會著涼，而且把她弄成這樣的人不就是你自己嗎？真是的……刃更哥開啟鬼畜開關的時候明明那麼猛，恢復正常就純情成這樣，可以一人兩吃真的很傷腦筋耶。」

萬理亞呵呵笑著說：

「既然你們順利結成主從契約，照顧屬下到最後也是主人的責任喔，更別說你們還同時提昇戰鬥力了。之前和澪大人做的時候，你不也幫她全身都暖過一遍嗎？」

「……………是真的嗎？」

萬理亞點頭回答柚希說：

「是啊。刃更哥那時候啊，對澪大人真的好溫柔喔。」

「………………………………」

「…………那個，柚希？」

刃更對突然表情發悶、似乎不太高興的柚希怯怯地這麼問，結果——

「……帶我去。」「呃……帶、帶妳去哪裡？」「帶我去洗澡。」「…………遵命。」

刃更一臉無奈點點頭，抱起柚希就走。就在這時——

「來吧，澪大人，您還要發呆到什麼時候？我們一起去洗澡吧？」

「咦——……？為、為什麼我要和野中一起……」

澪錯愕地急忙反問，只見萬理亞「嘖嘖嘖」搖搖食指說：

「是『柚希』才對喔，澪大人。而柚希姊呢，以後也請用名字稱呼澪大人吧。兩位既然已經都是刃更哥的奴隸姊妹，那麼見外不是很奇怪嗎？」

「喂，奴隸姊妹是怎樣……」

相對於不禁皺起臉的刃更——

「…………………………」「…………………………」

地上的澪和刃更抱著的柚希只是彼此對看——

「……好哇，我跟『柚希』一起洗。」「我……和『澪』一起洗也沒關係。」

並且改變了對對方的稱呼。這瞬間，澪和柚希的關係因為共同的主人刃更而產生了確切的變化。

之後——澪等四人就這麼一起進了更衣間。

在背著女生們脫衣服的刃更身邊，澪也害羞地跟著除卻衣物，同時重新思考自己目前所處的情況。

和八個月前，自己仍和父母過著安穩生活時相比——不，和父母遇害後，從萬理亞得知自己是前任魔王之女後相比也一樣。

第②章
# 功過難定的主從契約

當時的自己根本想像不到，如今自己心境和環境的變化會如此的巨大。

和曾是勇者一族的刃更和迅成了一家人、和刃更締結主從契約而成為他的屬下、彼此赤裸相見又親密接觸、就算害羞也慢慢開始接受、和勇者一族的柚希一起生活，經過了那麼多事——現在，還和她一起成了刃更的屬下。

過去的自己絕對難以置信自己會成為現今這副模樣。

——但奇怪的是，自己並不覺得反感。現在身邊有能夠扶持自己、就算見到自己羞人的樣子也願意接納的家人，還有能夠毫不客氣地用真心話鬥嘴的對象，實在很令人慶幸。而其中，刃更的存在感與日俱增——

可是……

澪忽然看向一旁邊哼歌邊脫衣的萬理亞。

「？怎麼啦，澪大人？」「……沒事，別在意。」

澪對不明就裡的萬理亞輕輕搖搖頭。

雖然這個圈子的中心人物是刃更，可是將大家聯繫起來的，卻是萬理亞。

刃更得知她們實際身分後，仍不忌諱地邀她們回去同住，讓澪極為猶豫。當時要不是萬理亞的勸說，今天大家不會住在一起。

不僅如此。父母遇害至今，萬理亞的開朗和活潑常使澪的精神獲得調劑。能有現在的澪，可說是萬理亞的功勞。

關於柚希的主從契約，她的做法是有點太順從夢魔本能，「刃更的奴隸姊妹」這稱呼也讓人頗不是滋味；但要求澪和柚希以名字互稱時，一定是希望能為澪多製造幾個朋友吧。澪不知現任魔王派的爪牙會何時襲來而不敢隨意與人深交，以免危害朋友；那麼像柚希這樣身為勇者一族又能成為助力的人，相信比刃更更加稀有。

不過……

她對刃更那種積極得莫名其妙的態度，就不能收斂一點嗎？雖這麼想，只剩內衣的澪還是對身旁穿不慣馬甲而在解繩上遇到麻煩的少女友人看了看——

「我來幫妳……」

然後繞到她背後，替她脫衣。

「…………謝謝。」

柚希臉上也染點紅暈地道謝。感覺上，兩人的距離比起在都心鬧區幫她挑衣服時似乎更近了些。澪回聲「不客氣」，自己也脫下內衣褲，兩人一起用浴巾裹住赤裸的身體。

「來，讓我們今晚也快樂地袒裎相見吧！」

萬理亞說完就一馬當先進了浴室，澪和柚希接著跟上——但半途突然停下，因為脫光後腰間只纏條大毛巾的刃更還背對她們站在原地。所以澪和柚希彼此點個頭——

「呃——喂、妳們幹麼！」「少廢話，快點過來啦。」「刃更，你覺悟吧。」

兩人一左一右勾住刃更的手，強行把他拖進浴室。

## 2

——夜空中，有個身影正窺視著東城家的動靜。

那背沐月光俯視東城家的，是個貌美的女魔族——潔絲特。

「…………」

潔絲特一語不發，只是仔細觀察。昨晚，澪和柚希在萬理亞主導下穿泳裝比美，最後全都拜倒在刃更手下；而今晚就像是報仇，爭相著幫刃更洗澡。

——不過，澪和柚希和平相處，也只持續了這麼一小段時間而已。

不出幾分鐘，柚希就扯下浴巾，把自己當泡綿磨蹭刃更；澪見狀也不服輸地拋開浴巾，在胸部抹滿泡沫就往刃更擠，且戰況愈演愈烈。刃更嚇得跑去浴缸避難，結果這次換瑪莉亞（註：萬理亞的魔界名）逮到機會整個人抱上刃更——東城家的浴室就這麼陷入了混亂的坩堝。

縱使見到刃更等人如此胡鬧的樣子——

「…………………」

潔絲特仍是一語不發，面無表情地注視東城家。然而——就算不說話、沒表情，感情絕不可能毫無波動。

潔絲特與澪和柚希一樣，也有個主人。

但潔絲特和她們，卻似乎有著非常巨大的差異。

她對現在的自己並無不服或不滿——也不羨慕澪或柚希。

可是……

假如，自己的主人不是佐基爾而是刃更，自己的感情會不會更為豐富呢？會不會不將任何要求都視為理所當然般淡然接受，而是像澪那樣時而笑怒、時而悲喜——自己會成為那種人嗎？

「…………不可能有那種事。」

潔絲特垂著眼靜靜下定結論後，再往成瀨澪看最後一眼。澪和柚希為了扒開抱在刃更身上的瑪莉亞而同時跳進浴缸，四個人在裡頭弄得一發不可收拾。

即使在這樣的情況下，澪的臉上仍有著看似笑容的表情。不過——

「——再過不久，妳就笑不出來了。」

潔絲特冷冷地這麼說，同時雲靄忽而遮擋了月光。

當滿月再度現身，潔絲特已經不見蹤影。

只剩下靜謐的秋風，吹過滿月高掛的夜空。

# 3

和柚希締結主從契約的三天後——東城刃更來到了聖坂學園的保健室。

為了治療不慎扭傷的手指。

患部是左手無名指，事情是在籃球課時發生的。

——平常，刃更不會在體育課受傷。

但是，今天是男女一起在體育館上課，男生打籃球、女生打排球；而刃更班上，有著其他班級所沒有的福利。

那就是澪和柚希——這兩位坐擁無數狂熱粉絲、聖坂學園首屈一指的美少女。

游泳課是男女分開，無福瞻仰她們的泳裝豔姿；但同時在體育館上課時，就能好好欣賞她們穿體育服的模樣。看女孩運動，對青春期男性而言無疑是一大眼福。體育服不僅露得較多，還能明顯展現女性運動時的柔軟身段；例如男性做起來無聊透頂的伸展操，一換成女性來做就性感到不行。因此，從伸展操到實際打起球，澪和柚希一直都是男性們的注目焦點。

儘管刃更盡量專心在打自己的籃球上，不去注意女生那邊；但不巧一次傳球時，男同學們正好為柚希托球給澪殺球成功而大聲歡呼，讓稍有分心的刃更稍微錯手——最後就吃了久年未嘗的蘿蔔乾。可能是傷得重了點，痛得超乎想像；於是刃更就向體育老師告假，在課中來到保健室。

「…………………！」

現在，刃更坐在附有滾輪的圓椅上，心情有點緊張。

原因，是出在刃更正前方——就在眼前的位置。聖坂學園的性感女神保健室老師長谷川千里，正在處理刃更的手指——

……不行，這怎麼忍啊……

結果，刃更還是偷瞄了長谷川一眼。長谷川今天在白袍下穿了一件酒紅色襯衫，可是對那雙比澪更豐滿的巨乳似乎太擠，解開了三顆釦子。為了幫刃更處理患部而前傾後，不只是能看見那壯觀的大峽谷，整個胸部還彷彿隨時要跳出來似的。

「……嗯？怎麼了嗎？」「沒、沒事，沒什麼……」

一被感到視線的長谷川這麼問，刃更即刻撇開眼睛。

——刃更是與擁有偶像級外表的澪、柚希和萬理亞同居的人。

第②章
# 功過難定的主從契約

對於這類深具魅力的女孩，應該具備高人一等的耐力。

然而對這樣的刃更而言，長谷川的美仍有「鮮明強烈」的評價。光是站著不動，就能散發出令人驚愕的成熟女性魅力，比起主從契約的催淫詛咒發動時的澪和柚希也毫不遜色。假如長谷川中了催淫詛咒，會變成什麼樣子呢？

……喂，我在想什麼啊……！

刃更急忙甩開走歪的想法。

「——好，結束了。這樣就沒問題了。」

長谷川也在這時結束包紮，放開刃更的手坐正；從近得有如戀人的距離，回到師生合適的間隔。

「就是關節扭傷嘛，我已經用繃帶固定住，這三天先觀察一下狀況；之後只要靜養，盡量不要給患部多餘負擔就行了。看樣子是沒有傷到韌帶，應該很快就會好了，如果突然痛起來再來找我。」

「找老師？不用去醫院嗎？」

保健室老師所做的多是一時的應急處置，不是真正的治療；假如症狀沒有改善，應該上骨科求診才對吧？可是——

「不必擔心，我的技術比這附近的醫生好得多了。我幫你做的包紮也是實際的治療，不是單純應急喔。所以──」

長谷川轉向刃更，直視著他的雙眼說：

「你的問題我來處理──知道了嗎？」「……知、知道了，謝謝老師。」

被那異樣氣魄所震懾的刃更乖乖點頭，長谷川跟著滿意地答聲「好」。

「──話說，東城你陪成瀨來保健室那麼多次，為自己來的還是頭一遭呢。」

「啊，說起來的確是這樣……」

曾是勇者一族的刃更，從小就徹底接受避免不慎受傷或染病的嚴格訓練，這次案例純屬意外。

「但奇怪的是，我好像跟你已經很熟了耶。」

「這個嘛……可能是因為在校外也遇過吧。」

日前，刃更和瀧川上燒肉店時碰見了長谷川，還因為一點小意外而併桌。在那裡，不需要像在學校一樣注重立場或規範，是能夠以私下的一面相處的空間，會覺得特別親近也是當然的吧。

「說到這個……那時候你沒讓我付錢，所以約好有機會再請你去其他地方吃飯嘛。還記得嗎？」

「記、記得……嗯。可是，真的不需要這麼放在心上啦，我們回去的路上，老師不是幫

第②章
# 功過難定的主從契約

我開導了很多嗎……」

「那是兩回事。傾聽學生的煩惱，對老師而言只不過是分內工作。再說，那也是你親口說的啊；你要我帶你去我推薦的店請客，然後我也答應啦。所以我們不是約好了嗎？難道──」

長谷川難得露出不滿的表情，說：

「東城……你討厭和我吃飯嗎？」「不會啦，絕對沒那種事……！」

刃更急忙搖頭，深怕長谷川誤會。

「──真的嗎？」「那當然啊，不知道老師會帶我吃什麼，超期待的！」

真的不誇張。和長谷川外出用餐，不知是多麼光榮的事。

「這樣啊……嗯，那就好。你就好好期待吧。」

長谷川說完又開心地呵呵笑，那表情讓刃更除了訝異，還有所感慨。原來平時形象寡言穩重的長谷川，也會有這麼少女的表情啊。見到長谷川的稀有表情，讓刃更感到自己格外幸運，這時──

「……對了，關於你爸爸出遠門這段時間，你有沒有照顧好成瀨和妹妹，我也挺在意的。你現在，在心理上有比較放鬆了嗎？」

「………………是有點。」

隔了一段沉重的沉默，刃更才短短地回答。長谷川跟著嘆息道：

「受不了耶。看你的樣子，感覺我那些話好像沒什麼效果。」

「沒有啦……和老師談過以後，我真的得到不少幫助。」

這是事實。刃更能度過與高志等人決鬥的危機，當時長谷川提供的建議和心理建設占了很大的功勞。

只是——現在又遇上了當時尚未顯現的巨大障礙。

——這時，鐘聲在校園內響起。第四節課結束，午休時間開始。

雖然該盡快回體育館，刃更卻動不了。

的確——聽瀧川說佐基爾已有所行動後，刃更的神經一直很緊繃。

會遲遲揮不去這份不安，主要是因為敵方是具有壓倒性力量的高階魔族。

無論如何，都絕對要避免讓五年前的悲劇重演。假如在悲劇之中失去眾多珍貴事物的自己能存活下來是有所意義，那一定是為了讓這樣的事不再發生。因此——

「東城——你不要把自己逼得太死喔。」「咦…………？」

突來的告誡使刃更愕然抬頭，見到長谷川表情平靜地說：

「我看你好像很怕事情會出問題，一直在傷腦筋的樣子。其實無論你準備得如何周全、排除了多少困難，問題這種東西還是會發生的。」

第②章

# 功過難定的主從契約

「可是……是這樣沒錯啦，不過……有些事情也不能因為這樣就放棄吧。」

刃更表情苦澀地反駁，長谷川依然平靜地說：

「不要太早下結論，沒有人要你放棄。我要說的是，人一旦被逼入困境，視野也會變得狹小……在那種時候，很容易忘記什麼才是真正重要的事物。的確，小心謹慎、避免發生問題是沒有錯；但如果花太多力氣在那種事情上，萬一真的發生問題，很容易應付不來喔。」

長谷川繼續以勸導的口吻說下去：

「你是一個很認真的人，要你別在意放輕鬆，恐怕是辦不到吧；所以，你不放鬆可以，但我希望你把力氣花在思考出問題以後該怎麼處理上。」

「出問題以後該怎麼處理……」

「沒錯。有些事很可惜地沒有挽回的餘地，可是能挽回的其實並沒有想像中的少。要防範未然，就該針對無法挽回的事；而其他的，只要思考問題發生之後該怎麼恢復原狀跟改善就好。」

要謹記在心啊。

「天無絕人之路，選擇永遠不只一個；可是心被逼到絕境的人，很難注意到其他選擇。有人說，只要不放棄就一定有路可走，其實並不盡然。就算不放棄，一味亂找也找不到路或答案；要堅信它確實存在，你才可能找得到，只是結果不一定符合預期。所以呢，你就從問題發生後的角度來擬定對策吧。當你被逼到無路可退，那將會成為幫助你和你重視的事物的選項或道路。」

因此——

「不要走錯路啦，東城——要走在能保護你和你重視的事物的道路上。」

長谷川的贈言，使刃更緊緊握住了手，並意志堅決地點頭。

「好……」

對啊。自己被敵人的可怕沖昏了頭，完全失去了冷靜。

再一次冷靜下來想想吧，一定有路可走。

一定有辦法能保護成瀨澪、成瀨萬理亞和野中柚希的。這時——

「嗯，你的臉色好看多了……能為你做點像個老師的事，我也很開心。」

「喔……謝謝老師。時候不早，我該回去了。」

刃更對輕笑的長谷川低頭一鞠躬，然後起身。

在開門準備離開保健室時——

「——啊，對了東城。」

長谷川喊住了他。

「那個繃帶——在我同意之前千萬不能拆喔？」

第②章

# 功過難定的主從契約

「？是沒問題啦，可是我的手指有嚴重到絕對不能拆嗎？」

刃更注視著纏上繃帶的左手無名指問，而長谷川仍表情平靜地說：

「是沒有，不過——凡事還是小心點好嘛。」

「……喔，知道了。」

雖覺得奇怪，但既然長谷川這專家都這麼說了，還是聽話比較好吧。

刃更點個頭表示明白，再說一聲：「謝謝老師。」就離開了保健室。

為保險起見，刃更回到體育館看看情況；而課早就上完，就連器具也都收拾乾淨了。

當然，一個班上同學也看不到。

「……我還能期待些什麼咧。」

嘆息著呢喃後，東城刃更挪動腳步，前往男子更衣室。

——一如預料，更衣室也是空空如也。

現在是午休，正是每個學生仰首企盼的午餐時間；再加上體育課的大量運動，肚子一定早就餓得受不了。不帶便當的人應該瞬間就換好衣服，殺到福利社或餐廳去了。

「反正瀧川今天請假，一個人吃飯也挺自在的啦……」

刃更走進更衣室最裡面，打開自己的置物櫃脫起體育服。

「只是，能一起吃飯的人還是愈多愈好吧……」

並想著現在如此依賴瀧川的狀況，喃喃自囈。

不過……

在這個澪隨時有危險的狀況下，必須保護她的自己假如不小心和哪個人走得比較近，就可能害那個人遭受牽連。為了不讓一般師生無辜受累，自己必須專注於眼前才行。

——因為佐基爾絕對會對澪下手。

當刃更如此告誡自己時——男子更衣室的門忽然打開。大概是還有哪個人也耽擱了，現在才來換衣服吧。刃更不經意地這麼想，往門看去。

「咦——？」

進門的人物卻讓他愣住了。想不到，居然有個穿體育服的女生跑進男子更衣室；而且不是澪或柚希，更不是萬理亞。

「那個……東城同學，你有空嗎？」

這麼說之餘，反手將門帶上走進男子更衣室的，是刃更的同班女同學——和澪較為親近的朋友之一，榊千佳。

「榊……什、什麼事？怎麼了嗎？」

第②章
# 功過難定的主從契約

榊的突然現身讓刃更一時慌張，手忙腳亂地穿上制服褲子。

「對不起喔，跑到這種地方來……我是有話想跟你說，可是你體育課上到一半跑去保健室之後一直沒回來，我只好來這裡找你。」

榊一邊說，一邊慢慢靠近。

「找我？……有什麼事不能等我回教室，一定要跑來這裡找我說嗎？」

「嗯……因為我不想讓其他人知道，尤其是成瀨同學和野中同學——」

「不想讓澪和柚希知道……？」

「……東城同學，我問你喔。」

榊靠到疑惑的刃更面前，語氣突然變得嚴肅。

「你是不是……和成瀨同學或野中同學在交往呀？」「——咦？」

聽見那聲音清澈的問題，刃更忍不住反問。

「你不是……和她們兩個一起住嗎？」

「呃，是那樣沒錯啦……但那不代表我們就一定會交往啊。」

和澪和柚希這兩個確實很有魅力的女孩同居，自然常有令人臉紅心跳的時候；幫忙擺脫主從契約的詛咒時，理性也經常遊走在失控邊緣。然而，若要問自己和她們是否正在交往，答案是否定的。

……因為事實就是這樣嘛。

縱然受情勢所逼，不得不接受詛咒、進行超友誼行為，但三者之間實在稱不上戀愛關係。從強制性的屈服行為以及壓倒性的快感中產生的情緒裡，必定會摻雜著類似的錯覺；但若要將其歸類為愛情，簡直是占她們便宜。

「……這樣啊，你們不是那種關係。」

結果，榊低聲這麼說之後──

「那我──可以把那當做自己還有機會嗎？」

就整個人往刃更貼了上來。正面接觸那柔軟軀體的感覺──

「！──妳、妳幹麼！」

讓刃更嚇得大叫，而榊則是雙頰微紅地說：

「不、不要那麼害羞嘛，東城同學你應該……很習慣這種事吧？」

「我、我哪有習慣這種事啊！是誰，誰跟妳亂講的！」

「是、是成瀨同學跟我講的呀……我問她你是怎樣的人，她就說你不是壞人，但是很沒膽。常常想做一些很色的事情，卻又不敢真的做。」

「！……澪、澪她真的這麼說？」

無論感情再怎麼好，也很難想像澪會對榊或千佳透露主從契約或催淫詛咒的事。

# 第2章 功過難定的主從契約

所以，澪提的只是無關詛咒的小意外吧。從第一次在家庭餐廳見面至今，刃更也常在催淫詛咒沒發動時見到澪不可告人的樣子。可是——

「……呃，我是能理解澪那樣說的心情啦。不過原本分開生活的兩個人突然要住在一起，本來就會發生很多想都沒想過的意外嘛！」

「但是你還是看過……成瀨同學沒穿衣服的樣子吧？」

榊反而往刃更貼得更緊，並說：

「東城同學，你知道嗎？雖然不像成瀨同學那麼凶猛……可是我的胸部也很有料喔？」

「我、我怎麼會知道那種事啊！」

當刃更慌得扯開喉嚨回話時——

「那——就讓我直接告訴你吧。」

榊一說完就晃到刃更側面，然後——兩個人同時倒地。

「咦……？我、我們剛剛怎麼會倒下來？」

「我用了之前上課學到的防身術。原本是不應該一起倒的，可是現在無所謂。」

榊一邊跨坐到刃更身上一邊說。

……可惡，她是怎樣！

這情況讓東城刃更拿不定主意。就算自己因為對方是同班同學而大意，也沒想到自己會被人弄成這副德性。刃更首先是懷疑榊的精神遭人操縱，但就這麼斷定她的感情是假，未免言之過早，畢竟上課學到防身術並不是完全不可能的事。因此，假如這些都出自榊自己的意志，就必須和她冷靜溝通才行。

——不過，假如她真的是被操縱了，自己也不能放任她繼續亂來。對於左右為難而無法立刻反應的刃更——

「拜託，東城同學……也多注意我一點嘛。」

榊嬌羞地這麼說，並緩緩俯身壓來，柔軟的胸部很快就擠上刃更的上半身——這時，男子更衣室的門忽然敞開。

「————！」

這讓東城刃更大為焦躁。無論榊是否遭到操縱，讓第三者撞見這情況都不好。不是因為在校內發生不純異性往來會造成問題，而是榊現在這個樣子一旦被其他男同學看見，傷害最大的就是她。

然而——刃更的擔憂很快就失去了意義。

因為開門看來的人，受到的打擊比榊更為巨大。

「————」

東城刃更看向門邊所見到的——是兩個呆立的少女。

# 第2章 功過難定的主從契約

成瀨澪和野中柚希。

野中柚希會和澪一起來到男子更衣室，是為了尋找刃更。

——刃更最近好像特別緊張。

即使他盡量佯裝自然、避免她們操心，柚希還是看得出他的變化，相信澪一定也有所察覺。刃更他——這陣子總是心事重重的樣子。

所以，見到刃更在體育課途中去了保健室就沒回來，讓柚希和澪愈等愈不安。儘管有可能和前幾天一樣，又被萬理亞帶去不正經的地方亂繞，但她們還是放心不下。

使用主從契約中感應對方位置的附帶功能後，她們很快就知道了刃更的位置。

可是來到男子更衣室門前，卻聽見裡頭傳來刃更和榊的對話聲。

於是聽得臉色鐵青的澪慢慢打開了門——看見的，正是柚希和澪想像中的畫面。接著——

「…………！」

澪就這麼愴然欲泣地跑走了。見到刃更和好朋友倒地相擁，打擊一定不小。柚希也觸電似的動身，但方向與澪不同——衝進了男子更衣室。

「柚、柚希……？」「————」

柚希無視錯愕的刃更，在右手具現出靈刀「咲耶」並一口氣縮短距離，往趴在刃更身上的榊橫斬而去。

然而——榊的動作竟比柚希還快。她從壓在刃更身上的姿勢猛然一跳避開「咲耶」，接著凌空縱翻，在遠處著地。

「——討厭，太粗魯了吧，野中同學。直接拿刀砍人很過分耶？」

「榊……妳怎麼……？」

野中柚希保護茫然坐起的刃更般站到他身前，淡淡地說：

「……果然被操縱了。」

相較於失去冷靜而跑走的澪，柚希顯得相當鎮定。

柚希那一斬用的是刀背。柚希若是有心，便能在避免傷害榊的情況下，以寄宿精靈的靈刀「咲耶」去除操縱她的魔法或藥效。因此，就算榊遭到操縱，也能平安恢復原；假如她心智正常，根本連靈刀都看不見。

——而現在，她卻以遠異於常人的反應速度躲過柚希的斬擊，還說「直接拿刀砍人很過分」。那麼——答案已經很明顯了。

「……不好意思，柚希，幸好有妳。可是，妳這樣子砍下去……如果榊沒被操縱，妳要

第2章
# 功過難定的主從契約

怎麼處理？」

「不怎麼處理，只會稍微教訓她一下。」

柚希淡然答道。這是因為──

「她不只沒鎖門，還把門留了一條縫。如果她沒被操縱，就是故意做給別人看的。」

做那種給刃更找麻煩的事已經夠可惡了，她還是澪的好朋友。即使不知道澪對刃更有沒有意思，對朋友身邊近乎家人的同居人做這種事，還打算讓他人發現；就算是同班同學，柚希也無法饒恕。所以無論是否遭到操縱，柚希都不需要對榊手軟。這時──

「喂，你們兩個在旁邊講那麼久做什麼呀……？而且──」

榊不太高興地說：

「東城同學……你丟下對你告白的我，只顧著和後來才進來的野中講話，會不會太過分啦？」

「……妳沒被操縱再來說這種話吧，榊。」

刃更板起臉這麼說後，對柚希耳語道：

「抱歉，柚希……這裡可以交給妳嗎？既然知道榊是被操縱，表示敵人很可能要對澪出手了。」

「我也是這麼想，你就趕快去追她吧──她跑走的時候，脖子上看得見主從契約的斑紋。在那種狀態下遇到敵人別說要打，連逃都有問題。」

恐怕是目睹了刃更和榊的衝擊性畫面，忍不住妒火中燒了吧。

同樣結了契約的柚希之所以沒有觸發詛咒，是由於勇者一族受過長期訓練，懂得冷靜判斷狀況；而且榊和柚希的關係不像澪那樣親近，只是普通的同班同學。倘若和刃更相擁的是澪、萬理亞或胡桃，現在動彈不得的或許就是柚希了。

「刃更，這裡我自己來就行了。榊不知道自己遭到操縱，要問也問不出個所以然；要是我們都留下來，就等於順了對方的意。」

「謝謝——下手輕一點喔。」

說刃更說完就從敞開的置物櫃抓出制服襯衫披上，奔出更衣室。見狀，榊遺憾地嘆著氣說：

「唉……他果然比較愛成瀨同學嗎……我們好像被甩了耶，野中同學。」

「並沒有，被甩的只有妳一個。我留下來，是為了處理妳。」

當柚希這麼說，並重新架持「咲耶」時——

「——哎呀？班長妳拿刀跑來男子更衣室做什麼，不怕我報警嗎？」

背後突然多了道聲音。回頭一看，竟然是另一個同班同學，與澪的交情和榊千佳一樣好的女孩——相川志保。

見到在這狀況中仍保持微笑、能看見「咲耶」的相川出現——

「……妳怎麼會在這裡？」

野中柚希不解地皺起眉頭。她對相川也受害並不驚訝，榊都遭到操縱了，同樣和澪要好的相川多半是免不了。問題是——

……負責帶走成瀨同學的不是她……？

那麼究竟會是誰——不祥的預感忽而膨脹。

「……計畫改變。」

聽見柚希喃喃低語——

「咦？野中同學，妳說什麼呀？」「怎麼啦，班長，聽不見喔？」

榊和相川前後挾著她嬉笑起來。

「刃更要我下手輕一點……可是情況不允許。」

柚希將「咲耶」立於身前，並在解放其力量的同時宣言道：

「我沒時間浪費在妳們身上——所以我要一擊解決妳們。」

緊接著「咲耶」神速一閃，純白閃光霎時從男子更衣室奔竄而出。

# 4

榊和刃更竟然在男子更衣室地上搞那種事。

成瀨澪目睹這難以置信的一幕後當場跑開，頭也不回地一直跑、一直跑。

直接穿著室內鞋跑出校舍，想找一個沒有人的地方。

一個不會有人看見現在的自己、能夠安靜獨處的地方。

身體深處，有種令人發顫的甘甜感覺不停湧上。若是平常，自己應該已經就地倒下，陷入不請刃更滅火就要發瘋的狀態。

可是——成瀨澪卻忍住了那樣的感覺，一股腦兒地不停疾奔。

因為之前見到的刃更和榊，在腦海中揮之不去。

「為什麼……！」

到底是什麼狀況？究竟是怎麼回事？

澪與人相處時盡可能不讓人感到距離，卻又害怕周遭捲入自己與魔族間的紛爭而不敢與人深交。對這樣的她而言，榊和相川有著特殊的地位。

——當然，澪和刃更只是同居的冒牌兄妹，並不是男女朋友的關係；不過一起生活久了，也漸漸真的將對方當家人看待。

可是，假如榊愛上了刃更，澪並沒有阻止的權利。

因為澪和刃更的關係並不是「戀人」——而是為了對抗當前危機而根據戰略性考量結成的「主從」。但儘管如此——

「為什麼……！」

澪一路跑進臨接都立公園的小公園，在空蕩蕩的網球場邊像個溺水的人般緊抓鐵絲網。

究竟是為什麼？為什麼自己會這麼難受，為什麼胸口彷彿要炸開一樣？自己也常見到柚希和萬理亞對刃更做出類似的事，雖然會生氣，但反應從來沒那麼激烈。

「可是……為什麼……！」

澪近乎嘔吐似的痛苦喘息著自問。儘管心裡某處應該明白刃更和榊並沒有錯，混亂不堪的情緒卻不允許她理性思考。

即使明知這樣想有錯、明知不該如此。

卻仍無法阻止自己將那視為刃更的背叛。

而對於現在的澪，主從契約則是殘酷地——將高漲的猜疑視為對主人的背叛，前所未有的強烈詛咒襲擊了澪。那樣的刺激絕非常人所能忍受——

「啊…………」

澪瞬時意識朦朧，就此向橫倒去。

「──────」

但有個身影，溫柔地抱住了澪。

……是、誰……？

感到不同於刃更的溫暖，使澪秉持著逐漸稀薄的意識看向抱住自己的人。

並在早已無法正常思考的狀態下，喃喃念出那人的名字。

「────萬、理亞……」「……是的，澪大人……已經沒事了。」

萬理亞跟著輕聲回應。

接著，澪在安心地昏厥的那一瞬間──依稀聽見了點聲音。

那是不同於萬理亞，非常冰冷的，女人的聲音。

「安心睡吧，成瀨澪。妳的痛苦──很快就會被佐基爾大人抹消了。」

還來不及聽明白，成瀨澪的意識已遭黑暗吞噬。

就在澪失去意識的下一刻，東城刃更到達了現場。

這是他一追出男子更衣室就果決使用主從契約的辨位能力，並毫不遲疑地奔向公園的緣故。

見到出現在視線彼端的光景，東城刃更即刻呼喊：

「——澪！萬理亞！」

昏倒的澪被萬理亞抱在懷裡，身旁站了一個從未見過的美麗女魔族。雖然萬理亞可能正在保護澪、一旁的女魔族也可能是穩健派派來的幫手；但應該在看家的萬理亞有可能湊巧在這時候趕來，魔族的幫手也有可能湊巧在這時候出現嗎，少作夢了——很遺憾，自己身處的現況並不允許這樣的樂觀思考，更別說對於自己的呼喊——

「…………刃更哥。」

萬理亞所表現的反應，是悲傷的低語和表情。當刃更因此確定一切事態的瞬間——萬理亞她們周圍產生變化，空間開始曲折搖晃。

……別想跑！

她們是打算抓了澪就走。

蹬地疾奔的刃更再將速度提昇一個層次，瞬時到達極速。

將自己化為一陣風，一口氣縮短距離——

「喔喔喔喔喔喔喔喔喔喔喔喔喔喔喔喔喔喔喔！」

具現出布倫希爾德就往可疑的女魔族一劍斬去。

劍光在穿過女魔族身旁的同時橫掃而過。

但也只是斬過了虛空，對方的空間轉移快了那麼一點點。

「可惡！……別以為這樣就跑得掉！」

刃更即刻神色焦急地感應澪的方位，然而——

「——！怎麼會……？」

原本只要一想就能立刻感應澪的位置，現在卻怎麼也找不到。即使仍能感到同樣結了主從契約的柚希正朝這裡過來，遭擄的澪卻有如陷入深霧，無法感應。儘管如此——

「還沒完呢……！」

東城刃更緊緊咬牙，擠出聲音似的說道。豈能這麼簡單就放棄——刃更如此激勵自己。

沒錯，現在放棄實在太早。

自己要守護成瀨澪到底的決心，那近乎誓言的堅決意念。

無論遭逢何等絕望的狀況，都絕不是能輕易捨棄的東西。

## 第2章
# 功過難定的主從契約

雙親遇害時的經過，成瀨澪記憶猶新。

澪就在事發現場，親眼目睹了整段凶殘的暴行。

襲擊成瀨家的慘劇，是發生在一家團聚時——晚餐後，在客廳休息的時候。

有個魔族男子，突然憑空出現在他們眼前。

當時的澪仍對魔族一無所知，無法即時理解發生了什麼事，只是傻在原地。

——但她的父母就不同了。

他們確信那魔族男子是為澪而來，立刻發動攻勢。

首先喪命的，是對澪總是那麼親切的父親。

父親瞬時具現雙劍飛身就斬，而魔族男子造出的暗色刃器只是銀光一晃，父親的雙手就飛進了空中——同時鮮血伴著淒厲叫喊染紅了客廳。

這一幕使得母親抓住澪的雙肩猛搖大喊「快逃」，但澪卻不為所動。眼前的慘劇彷彿發生在不同世界，完全感覺不到這是現實。失去雙手的父親為了爭取時間讓澪逃跑，仍用盡力氣擋在男子面前——但臉被男子伸手抓住，剎那間全身由內爆散，血液內臟濺滿客廳慘死。

儘管實力差距令人絕望，母親也沒就此放棄奮戰——不是為了戰勝魔族男子，是為了保護澪。

母親聚合出現在的澪也無法驅使的超高溫烈燄，並毫不猶豫地射向男子；但對方的壓倒性力量是那麼地殘酷，不費吹灰之力地彈開母親的炎獄魔法，並放出黑色火焰回敬。

轉眼之間，母親就全身滿覆地獄之火，燒成焦屍。

殺害澪父母後，男子緩緩向她逼近——之後發生了什麼事，澪就不記得了。過度恐懼而昏死過去的她再度睜眼時，發現自己人在一間陌生的廢棄工廠；在身旁的，是一直以為是親戚的萬理亞。

在那裡，展現夢魔姿態的萬理亞將有關澪的一切都告訴了她。

此後——屬於成瀨澪的戰爭就開始了。

——經過了半年的歲月，那天的情境仍會在夢中重現。

不過，澪卻認為那是好事。現在的自己需要那些惡夢，讓那天永銘於心；讓渴望復仇的憎恨之火，一刻也不能熄滅。

可是——邂逅刃更和迅、與他們一起生活以來，作惡夢的頻率急遽減少。和雙親死後，差點遭到管理其遺囑遺產的律師詐騙、漫無目的地在夜路上徘徊而遭到色慾薰心的男人們攻擊等，那段夜夜受惡夢侵擾的日子相比，簡直不可同日而語。

——而成瀨澪心裡很明白，是什麼造成了這樣的變化。

除復仇外失去了一切的自己，找到了新的棲身之所——新的家人。

第2章
# 功過難定的主從契約

可是……

成瀨澪依然忘不了父親雙手遭斬斷時的慘叫聲、白色調客廳染成淒慘的血紅色，以及母親全身燒焦的氣味。

忘不了那一天奪去自己正常生活的慘劇，忘不了那元凶、那男人的臉。

弒親之仇非報不可，絕無饒恕的可能。

倘若生存就是一場賭上性命的戰鬥。

那麼為父母復仇，就是成瀨澪生存的理由——賭命而戰的理由。

「嗯…………」

慢慢地，成瀨澪從睡夢中甦醒。眼前所見，是未曾見過的光景——有如城堡謁見廳的寬敞陰暗石室。

「……這裡是哪裡？」

一時間，澪無法理解自己為何會來到這種地方；只能從眼前狀況與自身記憶的差異，推知自己曾經失去意識。澪以仍帶惺忪的意識回溯記憶，想起刃更和榊在男子更衣室獨處的情形——當下受到的打擊也跟著復甦，使澪忍不住想抱起全身發抖的自己——

「！……——咦？這、這是怎樣？」

這時，她才發現自己是什麼狀態。雙手稍微橫展，被鎖鏈拴在背後的牆上，像個受到架刑的犯人；鎖鏈長度稍微提供了點移動空間，並不至於動彈不得，但人身自由依然遭到了剝奪。突然間——

「——妳終於醒啦。」

出乎意料的問聲，使澪嚇得全身一僵。往聲音來向看去，那裡有個美麗的女魔族。她凝視澪的眼睛美得彷彿能把人吸進去，卻漾著某種冰霜般的色彩；更令人強烈感到的是——

……她、很強……！

只是站在那裡——真的只是這樣，就能造成令人如此確信的存在感。

恐怕與以前交戰過的白假面、早瀨高志同級——不，或許還在他們之上。

這讓澪立即明白了自己的現況。囚禁在陌生的地方，再受到陌生女魔族那副感覺不到善意的眼神注視，判斷材料已極為充足。

澪因此完全想起，自己是為了尋找刃更而在男子更衣室見到難以接受的畫面，當場沒命地亂跑，一路衝出學校——

「……對，我在公園昏倒——妳就是在那時候把我抓來的吧？」

澪對女魔族狠瞪一眼，女魔族則是仍眼神冰冷地說：

「腦筋挺靈光的嘛。想不到在這種狀況下也能保持鎮定，妳頗有膽識呢。」

「那我還真是深感榮幸啊……我已決定和你們這些人抗戰到底，當然早就對出事被逮的狀況做好心理準備了。」

澪「哼」了一聲，猜測眼前女魔族的身分說：

「妳——現任魔王想要我體內前任魔王的力量，所以妳就是他的屬下吧？」

澪所提的問題——

「——錯了，不是那樣。」

意外得到來自廳堂深處——暗影彼端的回答。一聽見這聲音——

「——！」

成瀨澪就深深倒抽一口氣，保持平靜的心跳猛然飆升。

……剛剛的聲音……該不會……！

澪難以置信地望向陰暗廳堂深處，踩踏石板地的硬質聲響接著響起——

「那邊的潔絲特，只效忠我一個。而我呢，雖然的確是侍奉雷歐哈特陛下的臣子……但我和陛下不同，要的不只是威爾貝特的力量。」

然後，一名男性魔族帶著含有笑意的聲音走出黑暗。

「————」

映入眼中的那張臉——那身影，讓澪感到全身血液都為之沸騰。

男子身上壓迫感似的氣場，強得遙遙凌駕於眼前的女魔族。魔族之中，也只有萬中選一的上位者才可能具備這般強大的力量。

假如澪在平常精神狀態下與其相視，應該會因為劇烈的恐懼而怕得只能發抖吧——然而，現在的澪一點也感不到害怕。

不會錯的，絕對不會錯，就算化成灰也不可能看錯。

那可是奪走我名為平安生活的幸福——奪走我親愛父母的，深痛惡絕的仇人的臉啊。

「佐……基爾……！佐基爾——————！」

澪的情緒頓時爆發，聲嘶力竭地吼出父親死前所喊的仇敵之名。

同時，一道硬質的金屬聲「鏗！」地迸響。那是澪直往佐基爾衝時，將她雙手拴在石牆上的鎖鏈發出的聲響。但澪沒有因此放棄，彷彿要將鎖鏈扯斷般渾身劇烈掙扎。

佐基爾卻得意地看著澪慢慢走來。

「喔……就連氣到忘我的表情也這麼地美，真是不枉我冒那麼大風險把妳弄來呢。」

「我絕對饒不了你……我要殺你一百次！你竟敢——竟敢對我爸媽做那種事！」

見到澪盡表憎惡地破口大罵——

「能被妳這樣的女人深深記在心裡，真是一大樂事啊。」

第2章 功過難定的主從契約

佐基爾毫不介意地冷笑著說：

「真是太可惜了……如果早知道這場再會會讓妳這麼高興，我應該把那些垃圾殺得更難看一點才對。」

「！……人都被你殺了還要侮辱他們——不要臉的敗類！」

雙親遭辱的激動情緒化為粗暴言詞衝出了口，這瞬間——

「嗯……看來妳有必要學學怎麼說話，好配得上妳可愛的臉蛋呢。」

佐基爾的視線射穿了澪，僅是如此——

「！…………？」

澪就霎時全身僵直，說不出話來。

……我、我的聲音，怎麼會，連呼吸也……！

佐基爾釋放的強烈壓迫感奪去了澪的聲音，就連呼吸也成問題。

「很好，就是這樣……那麼事不宜遲，就讓我來教育教育妳吧。」

佐基爾滿意地這麼說，並帶著猥褻笑容逼近臉色漸青的澪，目光彷彿要舔遍澪全身般沿著她的肢體曲線遊走。

……天啊，這傢伙……！

澪立刻明白佐基爾視線的意圖，背脊一陣發寒。

「沒什麼好怕的。妳心中的激憤和憎惡，全都會被我換成甜美的快樂；然後妳很快就會知道，誰才是妳真正奉獻一切的主人了。」

淫笑的佐基爾，手愈伸愈近。

就在他的手隔著制服接觸那豐胸的瞬間——

「——大人請慢。」

有道聲音制止了佐基爾——是潔絲特。

「她和東城刃更結了主從契約，且兩人情感已經達到足以提昇戰鬥力的程度；大人殺了她的養父母，若在這狀態下受到大人凌辱——就算是夢魔的催淫詛咒，發作起來也可能產生足以致死的威力。」

「妳在說什麼傻話啊，潔絲特。我這籠罩整棟屋子的結界，可以阻斷主從契約的功能。現在——就算被我抓來，變成主人的累贅，這丫頭不也沒受到詛咒影響，剛剛態度還那麼猖狂呢。」

「假如會發動的只有主從契約的詛咒，那自然是沒問題；可是她體內，還有繼承自前任魔王威爾貝特陛下的力量在沉睡著。」

潔絲特冷靜地說道：

「若只有一側發作，或許還好處理——但若刺激失當，使得主從契約的詛咒和威爾貝特的力量同時失控，可能會產生大人的結界所無法抑止的力量。最壞的情況，就是同時失去好不容易到手的成瀨澪和威爾貝特的力量。」

潔絲特的話，也解答了澪的疑問。難怪在這個成為刃更包袱的狀況下，主從契約的詛咒也沒有發動，想不到原來有這樣的機關。這時，佐基爾聽了屬下的忠告，有些失落地說：

「……原來如此，妳的話確實有點道理。那好吧……我就從抽取威爾貝特的力量開始好了。」

「大人願聽屬下一言，屬下感激不盡。那麼——」

潔絲特話說到一半——

「——佐基爾大人。」

房間角落忽然傳來幼嫩的聲音，且相當耳熟。

……咦？

這讓澪一時間忘了自己呼吸困難，整個人呆得彷彿停止了思考，並不敢相信地望向聲音來處，見到的正是那年幼的夢魔。

是萬理亞。她對茫然轉為愕然的澪什麼也沒說，只是瞥了一眼。

「——————」

望向澪的稚少眼眸，是那麼地冰冷無機——再加上她稱佐基爾為「大人」，澪很快就明白出了什麼事。在公園昏倒前依稀聽見了萬理亞的聲音，看來那真的不是錯覺。接著——

……原來……原來是這麼回事……

悔恨得緊緊咬唇的成瀨澪終於明白。

自己原來一直被騙得團團轉——被這個自己最為信任的，年幼的夢魔。

而萬理亞無視垂首懊喪的澪，走向佐基爾。

「……什麼事啊？我不是叫妳在外面等我下一個命令嗎？」

「是的，但屬下接到王宮給大人的緊急通訊魔法，這才特來向大人稟報。」

萬理亞沉靜地回答略顯煩躁的佐基爾後，遞出了一顆水晶球。

「王宮來的……？」

佐基爾接過水晶球，似乎察覺到對方是誰而默默揪起了臉。

接著水晶球忽然一閃，下個瞬間——

『…………佐基爾，聽得清楚嗎？』

水晶球傳出了男性的聲音，佐基爾隨後佯裝恭敬地說：

「是的，雷歐哈特陛下——臣聽得清楚。」

聽見這名字，澪錯愕地倒抽一口氣。

……陛下？那不就是……？

說不定——不，一定是的。透過水晶球和佐基爾說話的，就是在澪的生父威爾貝特過世後登上魔界頂點的現任魔王。

『佐基爾……你現在人在哪裡？我看不見你那邊呢。』

「如陛下所知，臣正遵循樞機院的決定，安分地待在舍下自省呢。看來現在這附近的魔力波有點混亂，造成局部結界不太穩定，通訊魔法的影像雜訊或斷訊可能就是這樣來的。」

佐基爾面不改色地扯謊——

「——臣再設法改善就是。敢問陛下這次突然聯絡臣，是出了什麼要緊事嗎？」

並向自己服侍的王詢問來意。於是現任魔王低聲說道：

『我得到消息，說威爾貝特在人界的女兒——成瀨澪突然失蹤。你身為前任監視負責人，有沒有聽說什麼風聲？』

雷歐哈特的問題令佐基爾心想——消息果然傳到魔王耳裡了。但是——

「怎麼會呢……卸下監視一職後，臣和她之間已經毫無瓜葛。」

佐基爾聲音畢恭畢敬，臉上卻看不出任何忠誠。

『你是指，這件事完全與你無關？』「陛下英明，臣真的什麼也不知道。」

籠罩這府邸的結界，能夠干擾通訊魔法的魔力波，無法從外窺知內部情形，而澪的聲音也已經封住了。為以防萬一，佐基爾向潔絲特使個眼色，忠心的她立刻將變得尖銳的左手指甲抵在澪的咽喉上。

這下連故意搖響鎖鏈也不行了——也就是再也不會出任何亂子。

於是佐基爾裝蒜裝得更大膽了，很快地——

『……是嗎，我明白了。那麼這件事，我就交給負責監視的拉斯去辦吧。』

雷歐哈特低聲表示接受，佐基爾嘴角跟著翹起。

「陛下想問的，就只有這件事嗎……？」

『不，我有件事想拜託你——希望你現在就來王宮一趟。』

但雷歐哈特的意外之言，又使他表情轉為疑惑。

「……這還真是突然，敢問陛下所為何事？」

『西域那裡，最近發現了疑似舊惡魔期魔神戰爭時代的遺跡，可能藏有能用的英靈或素體。我要去視察一趟，希望你與我同行。』

「原來如此——如果是真的，那確實是非常重大的發現呢。不過，為何是臣呢？」

佐基爾謙遜地順著對方說話，得到的回答是——

『因為有人薦舉，說你年高識廣，是少數當時的殘存者之一，對古代魔法也有深厚的造詣，是最合適的人選。』

「這……要這麼說，倒也是沒錯。」

『怎麼了——你有哪裡不方便嗎，佐基爾？』

雷歐哈特的疑問，使得佐基爾的思緒一時糾結。好不容易逮到澪的他，實在很想盡快抽出威爾貝特的力量。

可是……

要是推辭這次同行而招來不必要的猜疑，一切就毀了。到時候就算雷歐哈特或樞機院那些人不太可能在短時間內找到這個地方，時間也只夠抽取威爾貝特的力量，來不及凌辱成瀨澪到靈魂都墮落、對自己死心塌地的地步。

「……怎麼會呢，陛下，臣理當在所不辭。請陛下稍候，臣這就進宮。」

佐基爾迫於無奈，只好趕緊領命，然後結束通訊魔法。

「大人，您要去嗎？」

潔絲特縮回抵在澪咽喉的指甲問道。

「就算再年輕，他也是魔王啊，怎麼能不去呢……但我實在沒那個心情。」

忿恨的佐基爾「哼」地埋怨。

雷歐哈特提到，他是受人薦舉才找上門的。

……該不會是拉斯吧。諒他也沒有我抓走成瀨澪的證據，腦筋轉得還真快。

「就這樣吧。」佐基爾笑道。既然這一趟是為了事先考察新發現的遺跡，那麼只要早點判定有無研究價值就能回來了吧。於是佐基爾轉向拴在牆上的澪，以預告的語氣開口。

同時帶著冷笑。

「妳等著吧——等我調查回來，我一定會盡情地把妳玩到完全變成我的人為止。」

## 6

離開澪遭逮的網球場後。

刃更和柚希會合時得知，受到操縱的榊和相川不出所料，什麼都問不出來。

再加上主從契約的辨位能力也找不到澪，簡直無計可施。

不過——除非刃更和柚希全都得靠自己設法處理，才可能真的陷入這種情況。

能夠拯救澪的路，還沒全部封閉。

於是刃更嘗試聯絡了某個青年——今天向學校請假的瀧川八尋。

——萬理亞與敵人的私通，推翻了過去所有前提；瀧川與刃更私底下的合作，都有可能是為了今天這個陷阱而布的局。而且他三天前和萬理亞密會，又偏偏在今天請假，恐怕真的和這件事脫不了關係。所以刃更對瀧川會不會接電話其實不抱希望，但想不到他竟然接了。

而現在——請柚希在家等候的刃更，一個人待在座落於都立公園的雜樹林中。瀧川當時回答「見個面也行」後，刃更就指定了這裡。眼前——

「真是的……哪裡不選選這裡，會讓人想起不好的事耶。」

瀧川已應約現身，與刃更相視而立。

「——所以咧？小刃你特地找我出來，到底有什麼事啊？」

「少裝蒜了。負責監視澪的你，怎麼可能不知道現在是什麼狀況。」

瀧川對顯得惱怒的刃更聳聳肩說：

「這我當然知道。可是啊，如果你真打算問我這是怎麼一回事，未免也太晚了點吧？」

「你是什麼意思……？」

「就是那個意思。三天前，你不是看到我和萬理亞見面嗎，那種情況應該夠你懷疑身邊每件事有沒有問題了吧？」

「你……知道我在旁邊偷看？」

「是啊。可能是常常要跑去一些麻煩的地方吧，我這個人，其實對視線敏感得很。還以為你馬上就會找我問個清楚，結果沒有。我看你是不想懷疑瑪莉亞，就把她編的理由全信了吧？」

「所以，萬理亞真的是……」

「就是那樣——她一直都是聽佐基爾的命令辦事。」

瀧川對仍對萬理亞抱有一絲希望的刃更殘酷地斷言。

這讓刃更緊緊咬唇，右拳握得發痛地問：

「……告訴我，瀧川，萬理亞真的是穩健派派來保護澪的嗎？到底有哪些是真的——又有多少是假的？」

「她真的是穩健派派來保護成瀨的護衛，但現在也真的是聽佐基爾的命令辦事。順帶一提，關於之前我和瑪莉亞的密會……那其實是我找上她的。我想她這麼久沒來學校就跟上去看看，結果發現她鬼鬼祟祟的；所以我猜那是佐基爾準備行動的前兆，就出面稍微牽制她一下。」

「難道……你和萬理亞很久以前就見過面了？」

「還好啦。不過她不知道我其實是穩健派，頂多只從佐基爾或他的心腹那裡知道，我是現任魔王派派來接替佐基爾監視成瀨的工作吧。另外，佐基爾當時將瑪莉亞納為部屬的表面理由，是為了在緊急時刻保護成瀨，也得到了現任魔王派高層的默許。雖然不能對成瀨直接出手，但作為對付特殊情況時的暗樁確實是挺有效的。而我呢——」

第2章
# 功過難定的主從契約

瀧川繼續說下去。

「當然也知道這個消息——所以反過來利用這點，露臉向她說聲『工作辛苦了』。」

「……那萬理亞回答什麼？」

「沒什麼，就只是『謝謝』。畢竟這整件事是佐基爾一個人在亂來，不會透露太多給瑪莉亞知道。」

這是當然的嘛。

「就像她和成瀨跟你一起住了這麼久，也沒對你們說實話一樣啊。」

瀧川口中的事實使刃更無話可說，接著——

「對了，小刃——你有想過瑪莉亞最想要的是什麼嗎？」

「你、你幹麼突然問這個……？」

對於為這突如其來的問題感到疑惑的刃更——

「你果然沒想過……好吧，我想也是。」

瀧川嘆口氣，告訴他：

「不是任何人，都能擁有寧願捨棄自己的陣營、歸屬甚至性命，也要保護一樣東西的強烈信念。成瀨是養父母突然被殺，誓言復仇而奮戰到現在；野中為了保護小刃你，寧願背棄勇者一族的使命；而你呢，決定保護身為勇者一族所不能保護的成瀨，還有為了你背棄勇者使命的野中。算起來，你們都是特例。」

可是——

「你們能有這樣的信念，那麼瑪莉亞有也不奇怪吧。你應該聽成瀨說過她想做什麼，野中是你的青梅竹馬，可能不用說也感覺得出來；可是你為什麼，就沒問過瑪莉亞那方面的事呢？」

「我……」

瀧川把刃更問得啞口無言。自己的確不知道萬理亞這類的願望，也沒特別想過。因為

——

「萬理亞她……和冒上某些危險的澪和柚希不一樣，總是嘻皮笑臉；雖然常常會做些糟糕的惡作劇，卻又讓人不會為她擔心，所以——」

「——喂喂喂，小刃，你饒了我吧。」

瀧川聽不下去地說：

「她可是成瀨的護衛耶，而且被教育成必須拋下個人情感或願望，一心一意為成瀨奉獻。還有就是，真正的情感不一定要面無表情或不說話才藏得起來，其實笑臉也是很有效的面具啊。」

「…………是啊。」

聽見這些話，刃更深深抬不起頭。瀧川見狀唏噓地說：

「我又不是在責怪你。不說真話的是瑪莉亞自己，你只是沒有發現而已，不需要太過自責。」

可是啊——

「假如，你有稍微為瑪莉亞想過那麼一點點，也許在事情變成這樣之前，你已經接觸到……她一個人獨自承受的現實了。」

「！……已經多久了？萬理亞到底是從什麼時候……」

這絕境的種子，究竟是何時播下的？而瀧川的回答是——

「她從一開始就在騙你了。你第一次在家庭餐廳見到成瀨和瑪莉亞那時，她就已經是佐基爾底下的人了。」

「不對……萬理亞從什麼時候開始騙我，現在一點都不重要。我要問的是，萬理亞成為佐基爾的部下，是什麼時候的事。」

刃更對爽快說出真相的瀧川搖搖頭接著說：

「當時，佐基爾是為了得到澪才殺了她的養父母，結果是因為萬理亞成功帶澪逃走才失敗的吧？可是像佐基爾這樣的高階魔族，應該很輕易就能殺掉想帶澪逃走的萬理亞，直接把澪抓回去才對啊。事情卻不是這樣，就表示——」

「佐基爾沒必要那樣做。因為瑪莉亞原本就是他的——」

「——不對，不可能是這樣。不是只有佐基爾一個想要澪體內沉睡的威爾貝特的力量，威爾貝特之後的現任魔王也是，假如佐基爾把澪硬搶過來一定會出問題；而實際上也真的出了問題，他的監視任務才會轉到你身上，並遭受再也不准接近澪的禁令。」

刃更一邊織出話語，一邊組織自己的推論。

從萬理亞的角度來思考，企圖找出是什麼掐著她的心。

「沒錯……我不認為佐基爾會沒考慮到這個風險。假如萬理亞原本就是佐基爾的屬下，事情應該在澪的養父母遇害那天全都完了。明明做那種事就會再也無法接近她——不對，說不定還會受到更重的處罰，怎麼可能只因為有自己的屬下跟著就故意放她逃走？」

「……不錯嘛。」

靜聽刃更推測的瀧川欣然笑道：

「就像看穿我真實身分那次一樣……這時候還能冷靜推理，真了不起。」

這句話，表示刃更推理得並沒有錯，於是他繼續說下去。

「恐怕——佐基爾一定是打算祕密行事，想神不知鬼不覺地處理掉澪的養父母和萬理亞，把澪帶走；之所以失敗，想必是發生了某些想都沒想過的狀況。所以殺害澪養父母的事才會敗露、監視任務遭到解除，改讓你來做。」

第2章
# 功過難定的主從契約

因此——

「如果佐基爾真的能讓萬理亞聽從他的命令，原因應該是出在那之後。瀧川——」

至此，東城刃更終於發現了自己起先問的問題背後的真相。

那一定，就是成瀨萬理亞悲劇的開始。

於是他問：

「萬理亞她——是不是有親人之類的弱點，被佐基爾抓在手上？」

刃更的問題，令瀧川「呵」地一笑，略展雙手說：

「答得好。瑪莉亞帶成瀨溜走後，監視任務遭到解除的佐基爾一回到魔界，就對瑪莉亞的家人下手了。他抓走的那個，好像是瑪莉亞的妹妹。之後的發展就可想而知了，佐基爾對瑪莉亞下了各種指示，要確保這次絕對能逮到成瀨。說到這個嘛，小刃……現在回想起來，你有沒有覺得瑪莉亞的行為有哪裡不自然啊？」

「這個嘛……該不會我和澪結主從契約時主從顛倒的意外也在計畫之中吧？」

瀧川對恍然大悟的刃更「是啊」地點頭說：

「那也是佐基爾命令萬理亞故意弄的。之前我不是跟你說過嗎，就是故意在主從契約的詛咒中引入夢魔的催淫特性，再讓主人以外的人奪去她的貞操，藉著引發她最深的愧咎不斷給予快感，直到她崩潰為止那檔事。只要侵犯誓言對你效忠的成瀨，就會發動極為強烈的主從契約催淫詛咒，將她一次踢進無底的快樂深淵。恐怕她現在已經——」

「！——」

刃更不禁倒抽口氣、渾身緊繃，腦裡瞬時蹦出最糟糕的可能。

起初激烈反抗的澪被佐基爾不斷強暴，終究抵抗不了以最大威力發動的催淫詛咒，不知不覺陷入無可自拔的快樂，甚至主動向佐基爾一再索求。可是——

「——不過呢，佐基爾也想要成瀨體內的威爾貝特的力量，短時間內應該不會對她亂來才對。」

「…………！」

瀧川安撫刃更情緒似的這麼說，刃更的表情卻變得苦澀。事情也許如瀧川所言，還有點時間，但最壞的事態恐怕已迫在眉睫。

所以——東城刃更再也壓抑不了自己的情緒。

「為什麼不早點告訴我……萬理亞跟你是怎樣！要不然，事情不一定會弄得這麼糟糕啊！」

他將湧上的激憤發洩在瀧川身上，可是——

「喂喂喂，小刃你說什麼傻話啊。瑪莉亞有家人被抓去當人質耶，而且我怎麼可能事先告訴你這些。憑你的個性，要是知道了一定會急著想幫瑪莉亞而做一堆引人注目的事。到時候現任魔王派一查起消息是從哪裡走漏的，我馬上就完蛋了好嗎？」

「那穩健派魔族在知道佐基爾手上有人質的時候，為什麼沒加派支援、趁早做些緊急處置啊！」

瀧川的回答，卻讓刃更不禁懷疑自己的耳朵。

「很簡單啊——因為穩健派高層下了命令，要我們按兵不動。」

「啊？……是怎樣……為什麼？」

聽了這一時間難以相信的話，刃更滿臉的困惑。

「雖然穩健派的政治力量到今天已經是弱勢，但仍是魔界一大勢力，內部的聲音當然不可能一致。」

「你是說有誰仇視澪嗎？」

「不……仇視成瀨的倒是沒有，畢竟她是先王威爾貝特的女兒嘛。只是有個人——一個比較麻煩的人物，不把成瀨當一回事。」

「……麻煩的人物？」

「就是穩健派現在的首領，死去的威爾貝特陛下的哥哥，拉姆薩斯大人。他啊，可是頑固得很……我是不是因為當初魔王寶座被弟弟坐走了而懷恨在心啦，總之他對成瀨很冷淡；其他大老不知道抗議了多少次，希望他能夠更慎重地對待成瀨，也全都被他當成耳邊風。堂堂前任魔王的女兒身邊就只有這麼一個護衛，也是因為他下的命令。」

「…………那傢伙……」

刃更的聲音低沉得令人發寒。

「那傢伙是打算丟下澪等死嗎？不僅只派萬理亞和你保護她，就算知道萬理亞的家人成為人質，也打算袖手旁觀？」

「天曉得……不過呢，說起來也不是什麼都沒做啦，好像有到處派人搜索人質，而且──聽說還瑪莉亞當護衛時，還故意傳給她一個絕招。」

「絕招……？有辦法打破這個狀況嗎？」

「不行，不是那方面的東西，充其量只是用來守護成瀨的絕招。」

瀧川說道：

「聽說只要用了那招，瑪莉亞的戰鬥力就能獲得飛躍性的提升……別說你、成瀨或野中了，就連我都可能打不過她；甚至啊，之前你那些故鄉的老玩伴，都可能被她兩、三下就收拾乾淨呢。可是，那種東西應該有很多限制，不能隨便亂用吧。」

「萬理亞有那種力量……？」

第2章
功過難定的主從契約

「是啊。我是沒有實際見過啦，不過那多半是真的。再怎麼說，她已經用過一次，證明那種力量真的存在嘛。」

「那該不會是──」

「沒錯──從佐基爾手中保護成瀨時，她應該就用過一次了。只可惜，成瀨目睹父母被殺而打擊太大昏了過去，沒看到瑪莉亞那時候是怎樣就是了。」

瀧川說到這裡語氣一轉，無奈地說：

「只不過，無論那是多強的絕招，事情一旦來到這種地步，都沒辦法期待被人質箝制的瑪莉亞。多虧了她，這下我非得瞞著現任魔王派，想辦法救出成瀨不可囉。」

幸好──

「我早就為了這種時候，在佐基爾的老巢做了標記。」

「──真的嗎！」

刃更臉色丕變，激動地問。

「那就快說啊，瀧川！我用主從契約的辨位能力也找不到她啊！」

「那是因為佐基爾的結界吧。他是主從契約的專家，這種事對他再簡單也不過。」

瀧川接著說道：

「但是我最近遇上一點難搞的事……現在不能輕舉妄動，否則麻煩就大囉。」

瀧川輕佻地搔著臉這麼說，引爆了東城刃更的情緒。

「你還在說什麼傻話啊，瀧川！澪被佐基爾抓走了耶！就連萬理亞和那個人質，佐基爾在事成以後多半也不會留她們活口。你和萬理亞一樣是保護澪的人，說什麼也不應該在這時候——」

刃更揪起瀧川的衣領，想繼續加重語氣——卻辦不到。

因為腹側被瀧川的右膝狠狠頂了一腳。

「呃、啊——唔……啊！」

「喔喔，抱歉啊，小刃……其實我啊，一被人抓住領子就會反射性地頂下去。你還好吧，那還滿難受的——喔？」

瀧川突然向後遠遠跳開。因為腹側遭受強烈膝擊而呼吸困難的刃更，仍具現出了布倫希爾德向橫一掃。雖然刃更自知現在不是要殺個你死我活而將劍反持，但擊中了也免不了掛彩。這時——

「不要那麼火大嘛……好歹我這陣子，一直都在想辦法避開佐基爾和他那個麻煩的處女手下的耳目，冒險幫你耶？」

輕鬆退開的瀧川在著地時若無其事地這麼說之後，眼神忽然嚴肅起來。

「問題是——我和你們一樣，也有不能退讓的東西要保護。我現在要處理的就是那方面的事。」

「……你有事要處理，我還不是一樣……！」

刃更表情痛苦，但仍緊瞪著瀧川。

「瀧川……我不知道你讓澪和萬理亞暴露在危險之中圖的是什麼心，也沒有權力指責你把自己的事看得比她們還重。」

可是——

「我是澪和萬理亞的哥哥。現在我已經沒有其他方法能救她們，如果你不肯說——就算要把你打趴，我也要逼你說出來。」

「哎呀呀，還以為你叫我來這裡想幹麼，結果是打算來硬的嗎？真敗給你了。還以為，我好不容易找到一個可以手牽手合作的好夥伴呢……好短暫的友情啊。」

瀧川苦笑起來，且笑容和笑聲愈來愈扭曲。

「不過，我還是想試試看——聽你的口氣，好像自以為打得贏我嘛。你該不會……以為我還會像上次一樣，又讓你贏得那麼輕鬆吧——是嗎，東城刃更？」

瀧川猙獰地這麼說完的瞬間，一團暗黑氣場以他為中心迸射開來。

「……！」

當刃更急忙架起布倫希爾德，瀧川的身影已從眼前消失。

「——太慢啦。」

緊接著正後方冷不防傳出聲響，衝擊同時襲來。

「呃啊啊啊啊啊啊啊啊啊啊啊啊啊！」

速度快得超乎刃更的反應，一剎那就被瀧川占據了背後。

錯不了。日前那一戰，瀧川確實留了手。

——但自己可不能就此認輸。被猛烈轟飛的刃更重重摔在雜樹林地上不停滾動，但他依然挺住了襲遍全身的衝擊。

往即將撞上的粗大樹幹用力一蹬後，一鼓作氣起腳疾奔。然而——

「……你最自豪的速度就只有這樣嗎？跟之前打那些老玩伴的時候差太多了吧！」

見到嗚鼻嗤笑的瀧川放出無數黑色光球，刃更將自己的最高速發揮到極限，飛快地以不規則的之字側步迴避，並以布倫希爾德斬除障礙，轉眼間就縮短了距離。

「瀧——————川——————！」

咆哮般的叫喊中，刃更對進入布倫希爾德攻擊範圍的瀧川一口氣放出神速連斬。那是他過去也曾在這裡對瀧川施展過的招式，一瞬間就是七十餘次的斬擊。

就算用的是劍背，捱了這使盡全身力氣使出的連續攻擊也不是鬧著玩的。

彷彿化為無數光線的劍閃，就像被吸向瀧川般直指而去——

「那時候那一招啊——太瞧不起我了吧？」

可是瀧川卻只是不屑地這麼說，將刃更的攻擊盡數彈回。

「什麼——……！」

東城刃更清楚地見到，自己擊出的每一劍全都被瀧川的屏障輕易彈開；而毫不費力地防禦的瀧川，正將右手對著自己。黑色的光輝，就在那近在眼前的手上快速集中。

「你先是想救成瀨、想救瑪莉亞，現在還想在不殺我的情況下逼問情報，那接下來是什麼？打倒佐基爾嗎？做人貪心是可以啦，但你也太天真了吧。」

瀧川苦笑著說：

「先不說實力，我原本還很期待你的腦袋能更靈光一點呢——太可惜了。」

隨這話釋放的黑暗波動，立刻吞噬了人在咫尺之間的刃更。

當劇烈的轟聲和衝擊搖撼大地，已經是下一秒的事了。

## 7

佐基爾以澪聽不見的音量對潔絲特交代幾句話，放了個轉移魔法就消失不見了。

同時，奪去澪的聲音和肢體自由的精神束縛跟著失效。

「！——哈啊、哈啊……！」

呼吸隨之恢復正常後，澪第一個瞪的就是眼前的萬理亞。

她以敵意濃厚的眼神，對自己最為信賴的幼小夢魔問道：

「難道妳一直都在騙我……？」「……都什麼情況了，我還有必要回答嗎？」

聽見萬理亞輕笑著這麼說，澪悔恨地咬起嘴唇，但心裡想的是——

……還沒結束呢……！

沒錯，現在就放棄希望還嫌太早。再怎麼說，刃更都和自己結了主從契約，只要感應一下位置，馬上就能找到這裡來。雖不知被綁來這裡已經過了多久時間，但刃更和柚希應該已經開始行動了。

潔絲特確實是個強敵，不過佐基爾現在不在，還有勝算。

……首先，要想辦法弄開這條鎖鏈。

否則刃更來救人時，自己還是動彈不得的人質，反而兩個人都有危險。

在澪絞盡腦汁，思考任何能掙脫鎖鏈的方法時——

「很可惜——刃更哥是不會來了。」

萬理亞看穿了澪心思似的說。

第2章
# 功過難定的主從契約

「……妳那是什麼意思？」

「佐基爾大人不是說過了嗎？這裡是他的祕密基地，外面有一層特殊結界，能讓人完全看不到裡面的樣子，還可以阻斷主從契約的聯繫。」

換言之——

「不只是詛咒，就連主從契約感應位置的功能都失效了。」

「什麼……？」

錯愕的澪立刻嘗試感應刃更的位置，但是——

「……騙人……怎麼會……」

別說是位置，就連他的存在也感應不到，讓澪無助地低喃。

——能夠避免在弒親仇人面前陷入催淫狀態，實在是不幸中的大幸。

然而，主從契約的辨位能力就是為這種時候設計的保險；一旦失效，脫離危機的可能雖然不至於是零，但也微乎其微了。

……再這樣下去……

一這麼想——澪心中的不安與恐懼就突然膨脹，幾乎壓碎她的心。

這個身體自由遭到剝奪、孤立無援的狀況，讓澪深刻體會到自己只能受人擺布。

「——已經無路可逃了，澪大人。」

這時，眼前的萬理亞一和澪四目相視地這麼說——

「咦——……」

澪的視界就忽然歪曲，同時發出表示疑惑的聲音，但已經太遲。

成瀨澪的意識——一瞬間就被黑暗吞噬。

看見澪不省人事、整個人任牆上鎖鏈垂掛的模樣——

「為什麼要讓她睡著？妳這樣自作主張讓我很為難啊，瑪莉亞。」

潔絲特冷冷地看向瑪莉亞。

「我對她——還有很多事要問呢。」

佐基爾外出的這段時間，不該平白浪費。只要從澪口中問出有用的資訊，就算不解除她和刃更的主從契約，也能夠找出支配她精神的材料。

「……我只是怕她吵起來麻煩才讓她睡著，沒有其他意思。」

瑪莉亞面無表情地說：

「如果妳有事要問——我就叫醒她，看妳想來軟的還是硬的都行。話說，佐基爾大人不是對澪大人情有獨鍾嗎？結果妳操那種不必要的心，就這樣搶走了大人享受的機會，希望大人不會怪妳多管閒事。」

「……不需要擔這種心。大人的想法，我比任何人都還要清楚。」

「那還真是抱歉啊——所以，妳想怎麼樣？要叫醒她嗎？」

被瑪莉亞聳著肩這麼問，潔絲特以沉默回答。那並不是肯定，而是表示不需要的沉默。

接著，潔絲特再度垂下視線，打量失去意識的澪。

——主從契約的詛咒，是引發自對主人的愧咎。所以，一旦遭到她所憎恨的弒親仇人佐基爾染指，那時候的厭惡感、對主人刃更的強烈意念、守不住貞操而自認背叛的情緒，將使詛咒幾乎以最大威力發動，必死無疑。至今在同樣狀況下遭受佐基爾侮辱而死的女孩，不知道有多少。

因此乍看之下，佐基爾是不能隨便對澪出手——但仍有變通之道。只要設法改變她的精神狀況，讓她不會對主人感到愧咎，那麼無論怎麼玩弄她，詛咒也不會發動。

只不過……

沉睡在澪體內的威爾貝特的力量，其根源和她的純潔——也就是貞操，可能有所關連，因為潔絲特本身就是如此。她身為佐基爾創造出的魔導生命體，卻能擁有匹敵高階魔族的戰鬥力，就是因為這種制約還能發揮作用的緣故。

因此，在抽取威爾貝特的力量之前，必須盡量避免越線而造成力量消失的風險。

可是……

這樣的問題只是旁枝末節。想讓她跌落快樂深淵卻仍保有處女之身的方法，要多少有多少。到時候，就必須由佐基爾親自動手、依他的喜好來進行才行。如此下結論時——

「————？」

潔絲特忽然察覺，這宅邸的結界偵測到外來的魔力反應。

調出屋外影像一看，發現有個青年站在門前；那是雖有人類外表，但其實是和潔絲特同樣，是魔族的一員——現在負責監視成瀨澪的拉斯。

……他怎麼知道這裡？

潔絲特對這狀況難以理解。這宅邸是佐基爾作為祕密基地的私人財產，別說樞機院，就連現任魔王雷歐哈特都不知道有這種地方。

然而——拉斯為何有辦法找上門來？

「要怎麼辦，不理他嗎？」「……不，絕不能這麼做。」

潔絲特看著影像中的拉斯，否決了瑪莉亞的問題和提議。

——的確，能夠互不相見矇混過去當然是最好，但假如完全不回答，他還是可能向他人透露這裡的位置；而最大的問題，就是澪現在在這裡。一旦不慎被雷歐哈特或樞機院內的敵對勢力發現了，佐基爾的立場就會瞬時垮台。所以——

第2章
# 功過難定的主從契約

「我去應付他——瑪莉亞，請妳在這裡監視成瀨澪，等我的指示行動。」

於是潔絲特離開結界，在拉斯面前現身。

「終於有人出來啦……」

一見到她，拉斯就對她賊笑著說：

「我原本還打算，要是你們再繼續當我是空氣，我就要向上頭稟報這個地方了呢。」

拉斯環視周圍包覆在黑暗氣場中的景物，以及位於中央的大宅邸，說：

「不愧是佐基爾侯爵，想法真是獨到……離開魔界，故意在人界的平行時空建造虛數次元空間，把祕密基地設在裡面啊，有一套。這麼一來，只要騙得過勇者一族的眼睛，就能瞞著樞機院那些大老，以機密研究的名義隨心所欲地搞鬼呢。」

「…………你到底是來做什麼的，拉斯。」

沒必要聽他說那些多餘的猜測或假設。聽潔絲特沉著地這麼問——

「我是來帶走成瀨澪的——她在這裡吧？」

拉斯冷笑著回答。

……果然被他發現了嗎？

雖知道他是個不可大意的角色，想不到會麻煩到這種地步。

可是像現在這種情況，也不可能傻傻承認她就在這裡。

「——你在胡說什麼？」「喂喂喂，不要裝傻啦。」

拉斯對隱藏表情裝作不知情的潔絲特「哈！」地一笑說：

「我啊，身負雷歐哈特陛下的命令，是成瀨澪的正式監視人；要是她有個三長兩短，全都得算在我頭上……妳懂吧？」

「我明白你的立場，但是她不在這裡——如果想避免負那種責任，你應該趕快去找她，而不是在這裡浪費時間吧？」

「我當然有找，結果就是找來這裡啦……好吧，也難怪妳會裝傻啦。真沒辦法。」

拉斯苦笑著說：

「佐基爾侯爵現在，是必須乖乖自省的人；要是讓陛下或樞機院那些人知道，他又想在這種地方對成瀨澪下手，後果就應該不只是停職查看了吧。」

「說話得靠真憑實據啊，拉斯。成瀨澪現在不在這裡——當然，大人也是。」

「先不說成瀨澪，我當然知道佐基爾侯爵不在這裡。因為雷歐哈特陛下直接下詔，要他去王宮一趟呀。」

「————」

第2章
# 功過難定的主從契約

「哎喲，表情不要那麼兇嘛。如果我有心，早就把這個祕密基地和成瀨澪被抓的事向上呈報了好嗎？我沒這樣做，是尊重佐基爾侯爵這位長老級的高階魔族，所以妳沒道理這樣瞪我吧？」

「……………你到底想做什麼？」

「我不是說了嗎，我是來盡我的職責的——我是成瀨澪的監視人嘛；所以妳身為佐基爾侯爵的屬下，也該盡自己的職責。妳的工作，就是盡一切所能幫助自己敬愛的主人吧？」

當然——

「我也不會讓妳空手而回……我就把這傢伙獻給佐基爾侯爵，和妳交換成瀨澪吧。」

話一說完，拉斯就憑空召出一個黑色球體，將其中昏迷的人類青年粗魯地扔在地上。那是主人佐基爾說什麼都想弄到手的前勇者一族的青年，主人對他和澪一樣感興趣。他的出現，讓潔絲特稍微瞇起眼。

「之前觀察成瀨澪幾個和勇者一族在市區對戰的時候，妳應該已注意到，這傢伙有特殊的能力吧？就某方面而言，那可是比成瀨澪體內威爾貝特的力量還要厲害的能力。我把這傢伙給妳，至於成瀨澪就再忍忍吧。」

拉斯繼續說：

「否則我就不得不把這件事，當成佐基爾侯爵背著雷歐哈特陛下和樞機院企圖叛亂呈報上去了。這麼一來，你們至今所努力的一切就要泡湯囉？妳和佐基爾侯爵都不希望見到這種事發生吧？」

瀧川提出的交易，讓潔絲特陷入長長的沉思。

——拉斯的話確實有幾分道理。所有可能使佐基爾陷入絕境的危險，無論如何都必須設法避免。別說是成瀨澪的心靈和肉體了，就連沉睡在她體內的威爾貝特的力量都沒這點重要。身為必須侍奉主人的下屬，就有保護主人的義務，哪怕自己會因此遭受嚴厲責罰。因此——

「……看來是沒辦法了。」「喔喔，這樣啊，謝啦。」

聽了潔絲特的低語，拉斯露出滿足的笑容。

這瞬間——兩人距離瞬時縮短，潔絲特竄進了拉斯的胸前。

這是戰鬥力高於拉斯的潔絲特才可能辦到的招數。

「什——」

完全出其不意的超高速突襲，使拉斯一臉錯愕，發出像是說話的聲音。

——但是，潔絲特沒有讓他說下去，指甲化為刀械般銳利的右手，已經貫穿了他的胸膛。當潔絲特抽出那感到確實貫穿肉體的右手——

「呃……啊！妳……竟、敢……！」

拉斯嘴巴和開了個洞的胸口都不斷冒血，呻吟似的低吼；最後兩膝跪地、痛苦地抬起頭，潔絲特跟著對他的臉伸出右手。

「感謝你的忠告，不過只要在這裡殺了你，我就不需要用成瀨澪和你交換東城刃更，這裡的事也不會傳到雷歐哈特陛下或樞機院耳裡。」

拉斯表情扭曲地對神情漠然的潔絲特說：

「要是……殺了、我……很快就……！」

但也只能說這麼多了。因為潔絲特右手放出的黑色魔力波，轟掉了拉斯的頭。看著拉斯那由背倒下的無頭屍體——

「不用擔心，當雷歐哈特陛下知道你的死訊時——佐基爾大人早就得到威爾貝特和東城刃更的力量，君臨魔界的頂點了。」

潔絲特淡淡地這麼說，並以魔法火焰將屍體燒成灰燼。

接著布展只有佐基爾聽得見的通訊魔法陣，對虛空說道：

「——大人，抱歉打擾，這裡剛發生了一些需要向大人報告的事。雖然屬下已經處理完畢……不過為慎重起見，屬下懇請大人指示下一步行動。」

# 8

遭鎖鏈拴在牆上的澪依然昏睡。

成瀨萬理亞——不，瑪莉亞正抬著頭，默默地看著她。

「……………」

奪去澪意識的，就是瑪莉亞自己。不僅如此，她還依從佐基爾的命令，幫他將這個自己原該以性命保護的少女、竭誠侍奉的主人擄來。

因為有家人在佐基爾手上當人質——這種事根本無法將自己的行為合理化，然而——

「對不起……澪大人，對不起……我——……」

泫然欲泣的瑪莉亞擠出一點點聲音喃喃地說。

——澪是前任魔王威爾貝特的女兒，其性命之寶貴，是瑪莉亞的家人所無法比擬的。儘管威爾貝特的兄長，穩健派首領拉姆薩斯不聽勸言，對澪始終態度輕蔑，但是澪的存在對多數穩健派魔族而言仍是種希望。只要有她，就有機會實現威爾貝特的遺願——創造一個不再戰爭的魔界。

第2章
# 功過難定的主從契約

在從前大戰中失去父親的瑪莉亞一家，也為了這個理想奮鬥至今。

希望同胞不要再流無謂的血，失去寶貴的性命。

……可是我卻……

瑪莉亞心想。自己長久以來的所作所為，都背叛了如此偉大的理想。

背叛了穩健派的同伴、應該守護的澪——還有接納自己的刃更哥。

背叛了這群為信念而戰，為生存搏命的人。

——過去，瑪莉亞也有過一段為信念而活的日子。

隻身擔任澪的護衛時，她曾發誓願以性命相守。因此，當澪在養父母遇害、就要淪為玩物時，瑪莉亞才能奇蹟性地從佐基爾的魔掌中成功救出她。

然而——在佐基爾監視澪的職務遭到撤銷並回到魔界後，就立刻抓了瑪莉亞的家人作人質，使情況為之一變。瑪莉亞很快就接到姊姊冷靜的通知，要她恪守自己的職務，被抓走的家人，家裡會設法救回。

姊姊……

瑪莉亞所尊敬的姊姊，是個無時無刻都能冷靜判斷事態的成熟女性。假如今天護衛澪的是她，一定會寧願放棄成為人質的家人性命，以自己的使命為優先吧——不，相信她根本就不會把這兩件事放上天平評比。

由這點來看，姊姊遠比瑪莉亞適合擔任澪的護衛；而事實上，也曾有過這樣的提議，但沒能得到同意。

因為姊姊已經有穩健派首領——拉姆薩斯這個必須以性命保護的對象了。

所以最後才會退而求其次，選擇瑪莉亞。

——想不到，瑪莉亞卻順從了佐基爾的脅迫。

起初，瑪莉亞是為了製造救出人質的機會，才假裝順從佐基爾；但不知何時，認為家人比澪更重要想法閃過了她的心——瞬時的輕微動搖就這麼成了致命傷。佐基爾告訴她，她的猶豫已經代表了對同伴和使命的背叛，讓她在不知不覺中，變得對佐基爾言聽計從。

——這段日子，就像活在地獄一樣。必須一再背叛相信自己的人們、以謊言和假面具回報澪和刃更所給予的鼓勵和信賴所造成的煎熬和罪惡感，就像一對掐在胸口的手，讓萬理亞喘不過氣。

而今天，萬理亞終於越了不該越的界，事情再也無法挽回。

聽從佐基爾的命令，和潔絲特一起把澪抓來了。

——自己已經回不去了。瑪莉亞心想。

不僅無法回頭，也失去了歸屬。

回不去穩健派的同伴身邊、回不去成瀨澪的屬下這個立場。

第②章

# 功過難定的主從契約

而且——也回不去刃更和迅敞開門扉、大家一起生活的那個家了。

自己背叛了一切，必然會有這樣的下場。

「…………………」

想到等待著自己的命運，瑪莉亞不禁垂下了眼。突然間，背後的空間忽然歪曲，並帶有不小的物體摔落地面的聲音。瑪莉亞轉頭一看，表情更悲傷了。

「刃更……哥……」

刃更就倒在她視線的另一端。他貌似昏了過去，動也不動。一定是為了救澪而到處奔走，結果被拉斯抓來了吧。

「——計畫有點變動。」

這時，潔絲特憑空現身說：

「這是佐基爾大人的指示。瑪莉亞……請妳魅惑他、控制他的精神。大人也想得到這個擁有特殊能力的青年，妳身為夢魔，應該很擅長這方面的事。」

接著——

「只要讓和成瀨澪有主從關係的這個青年順從我們，要支配成瀨澪的精神也能簡單不少。到時候，他們兩個很快就會成為大人的囊中物了。」

現在的瑪莉亞沒有抗命的能耐，於是聽從指示，默默無言地走向刃更——但他卻忽然消失在空氣中，瑪莉亞跟著不解地看向潔絲特。

「我幫妳準備了其他房間，妳就在那裡弄吧。」

潔絲特淡淡說道：

「假如成瀨澪意外醒來，見到妳對他做那些事而受到打擊——讓她認為自己沒辦法解救主人而造成詛咒或力量失控，事情就麻煩了。」

# 第3章 全都是為了這一刻

## 1

東城刃更睜開眼時，人在一張巨大的床上。

「這裡是……」

仰躺的刃更想坐起身，卻發現雙手上了手銬、舉過頭頂，被鎖鏈拴在床頭板上。

這讓他的意識快速清醒，回想昏厥前發生的事。

「對了……我是被瀧川……」

然而身上沒有任何疼痛，也沒有出血或明顯傷痕。

……他是手下留情了吧。

想著這事實的同時，刃更轉動頭部，重新環視自己所處的空間。

無論是牆、地面還是天花板，全都由岩石構成，只有門沒有窗戶，是個密閉空間；除了自己所躺的床以外，沒有任何家具擺設；房內保持得相當乾淨，空間也大得不像牢房；至於床上還附有篷蓋，且細部裝飾精細講究，十分地豪華。因這怪異空間皺起眉的刃更，試著感應與他結了主從契約的人，以確認自己的位置。這瞬間——

「！……澪？」

刃更感到了至今一直感應不到的澪，猛然往門口看去，並發現這次換成柚希的反應消失了。這個事實讓東城刃更確信——

這裡就是佐基爾囚禁澪的巢穴。

——因此，刃更立即嘗試行動。他先檢查可否自力掙脫束縛他的手銬和鎖鏈，並在知道沒機會後尋找附近任何有可能幫助他脫逃的物品，但除了這張床外什麼也——

「……嗯？」

這時，刃更發覺制服外套內袋裡有種熟悉的重量。

於是他利用腹肌，慎重地抬起全身至接近倒立的狀態，外套裡的手機跟著滑出。

「！——……嗯。」

刃更用嘴接住手機後把頭盡量抬高，同時也拚命彎下手掌，終於成功抓住手機，接著立即確認手機狀態。

電量沒有問題，功能也能正常使用，不過——

「果然沒訊號……」

刃更的手機和迅一樣，裝上了特殊的魔法晶片，以備緊急狀況使用。雖然這晶片讓刃更在魔界也能通話，但之前用主從契約的辨位能力也找不到澪的位置，代表這裡應該設了某種特殊結界。果不其然，那也影響了通訊。

可是刃更依然寫起簡訊，好不容易將目前得知的狀況輸入完畢，然後將收訊人設為柚希；如此一來，一旦通訊恢復就能立刻傳給她。當刃更因能做的事情告一段落而吁口氣時，房外忽然傳來腳步聲，讓他趕緊把手機塞進枕頭與床頭板之間，門也在這時「喀喳」地開啟。

「！…………」

刃更立刻閉上雙眼，穩下緊張的心跳和呼吸，假裝昏睡的樣子觀察對方動靜。結果對方慢慢走了過來，並突然做出意料之外的舉動。還以為鐵定會先檢查自己有無意識，想不到卻直接上了床，跨坐到刃更腰間，然後——

「我知道你已經醒來了……請把眼睛睜開吧，刃更哥。」

耳熟的沉靜話聲，讓刃更嚇了一跳。

睜眼一看，恢復夢魔真面目的小少女就在眼前——

「萬理亞……」

萬理亞對呼喊她名字的刃更淺淺苦笑，說：

「真是沒想到，刃更哥竟然這麼快就被帶來這裡……不過呢，我也多虧如此才能跟你獨處，倒也不壞就是了。」

說完，萬理亞就把手探進刃更的外套，解起襯衫鈕釦。

「妳要做什麼……！」「做我們在女子更衣室置物櫃裡沒做完的事呀。」

萬理亞理所當然似的這麼說，將襯衫鈕釦全數解開。

「既然刃更哥你被抓來這裡，就等於再多做什麼也沒有用了。所以至少在最後，我們兩個就來樂一樂吧。我很快就會讓你很舒服很舒服的。」

萬理亞臉上浮現妖媚的笑容，接著伸舌舔過刃更的頸項，小手為解開腰帶而伸向腰際。

「！……住手啊，萬理亞！妳以為這樣勉強自己服從佐基爾的命令——」

刃更大聲叫道：

「——妳被他抓去當人質的家人就能得救嗎！」

這瞬間——

「————————」

萬理亞忽然全身一愣。於是東城刃更繼續向她喊話。

「其實妳自己也明白，妳的家人並不會因為自己在這裡做這種事就得救吧？他只是為了得到澪而利用妳，既然現在目的已經達成了——把妳跟人質視為沒有利用價值而一起處分

第③章

# 全都是為了這一刻

掉，只是遲早的問題啊！」

到這裡，刃更放低語調說：

「的確，對方是光靠妳一個敵不過的高階魔族，會放棄救出妳的家人或許是無可奈何——可是，妳還有我們啊，不需要自己默默放棄。」

沒錯，現在放棄實在太早。

「他的目標是澪，我們就先把她搶回來吧。這樣不只是澪，就連妳或妳那個變成人質的家人，生存機會都會比現在高上很多。」

佐基爾應是以人質性命要脅萬理亞為他效命，但現在澪已經在他手上，等於澪、萬理亞以及萬理亞的家人隨時都有生命危險。

「所以——」

刃更還想繼續說下去，卻忽然說不出話來；因為眼前的萬理亞眼神變得異常冰冷，凍結了他的口舌，並口氣煩躁地說：

「我不是說了嗎……你再多做什麼也沒有用了。佐基爾大人並不是你拚了命去打就有機會贏的小角色。如果靠那種破爛的作戰計畫就能救出人質，我早就直接說出來請你們幫忙，用不著騙人了。」

「就算這樣……妳繼續聽他的話，也救不了妳自己和妳的家人啊！」

「這種事不用你說，我也很清楚。可是，現在的我只能這麼做——只能聽從他的命令，支配你的心。」

「萬理亞……」

萬理亞一直是一個人苦惱、一個人受煎熬。她知道佐基爾擁有多麼可怕的力量，也知道他為達目的能不擇手段到什麼地步。想三、兩句就要她忘卻層層累積、令她如此絕望的苦惱，相信是不可能的事。

不過……

縱然如此，刃更還是不肯放棄。因為暑假結束時，他決定要保護澪和萬理亞——這兩位新的家人，但事實上，卻沒能顧及萬理亞。

——也許，萬理亞是真的一直在欺騙刃更幾個。

但有她陪伴的這段時間全是謊言嗎？東城刃更說什麼也不這麼認為。

萬理亞和大家一起生活、一起度過危機時的笑容和眼淚，其中一定都帶著不可否認的真實；大家也因為有萬理亞在，才能和她一起涕笑、一起度過危機。所以現在，刃更無論如何都要幫助她，為了不再失去寶貴的同伴，也為了不讓那寶貴的同伴——成瀨萬理亞，像過去的刃更那樣失去寶貴的親人。於是——

「……我不想傷害你。請放棄無謂的抵抗，安分一點。」

第3章

# 全都是為了這一刻

「很抱歉……我辦不到。」

對於低聲勸言的萬理亞，刃更表示拒絕。

「妳說妳要支配我的心……可是憑妳的魔法，是操縱不了我的。萬理亞，這是妳自己說過的，不是嗎？妳先放棄這些沒有意義的事吧。」

「…………的確，現在的我或許辦不到；可是，既然非得操縱你的心不可，我不管怎樣都一定會辦到。」

沒錯。

「就算──要用上我最後的手段。」

萬理亞如此呢喃的同時，身前出現了複雜的立體魔法陣，接著在魔法陣中出現的是──

「……鑰匙？」

虛空中，浮現一把散發淺淺粉紅色光芒的「鑰匙」；前端指著萬理亞，緩緩向她移動。軌道延長線上的，是萬理亞衣服胸口上的鑰匙孔。不久，浮在空中的鑰匙緩緩插進孔中──

「嗯！……啊啊……！」

然後在表情妖媚地嬌喘的萬理亞胸口轉動起來。

當尖銳的開鎖聲「鏗」地響起──

「────」

萬理亞猛一反仰，全身籠罩在薔薇色的光暈中。

陰暗的房間，竟被包覆萬理亞的眩目光暈粒子照得通亮。

「妳………」

對於眼前發生的現象，刃更除了驚愕還是驚愕。

──不一會兒，光芒逐漸淡去；如今跨坐在刃更身上的，已經不是過去那個幼小的萬理亞，而是蛻變為成體的美豔夢魔。

「妳是……萬理亞嗎？」

該凸該凹的都更勝於澪，身高比例也在柚希之上，而且比她們兩個高中生多了一絲絲成熟的性感和氣質。與保健室老師長谷川相比還有些少女的韻味，但依然美得不可思議、不分軒輊，讓刃更不禁失聲驚嘆。見狀，萬理亞對刃更「是呀」地嫣然一笑。

「來吧，刃更哥。請盡情享受──夢魔洗禮真正的威力。」

說完，跨坐在刃更身上的萬理亞直往他的眼底看去，剎那間──

「────」

東城刃更的意識不再屬於自己。

# 第3章 全都是為了這一刻

將等同於存在根源的靈子中樞超載化。

那就是瑪莉亞變身的原理。一旦使用這把根據瑪莉亞的靈子波形製成的魔法鑰解除限制，不僅能大幅提昇各種能力，甚至能改變外貌。這個能力，就是瑪莉亞擔任澪的護衛時交託於她的最後絕招。

雖然在使用上，處於變身時間中有各種行為限制，且變身後需要休息很長一段時間，才能進行下一次變身等難處——

但是……

在澪的養父母遇害、從佐基爾的魔掌中救出澪那天以來，瑪莉亞一次也沒變過身。如此一來，只要不胡亂消耗魔力，應該能維持這個狀態兩小時之久。

確認刃更兩眼失焦、全身放鬆後——

「來吧，刃更哥……要怎麼玩我都可以喔。」

瑪莉亞帶著勾人的笑容這麼說，並解開拘束刃更的手銬。

「……………」

刃更跟著兩眼無神地伸手抓住瑪莉亞身上的捆束風胸衣，用力往上一扯，一對巨乳跟著跳了出來，連尖端都暴露在刃更眼前；然後刃更緩緩起身，反過來壓倒瑪莉亞。

「嗯！……呵呵，我就知道真正的刃更哥喜歡硬來。」

瑪莉亞愉悅地笑著說。瑪莉亞對刃更所做的，是能強烈放大男性本能的精神支配。現在的刃更將遵從本能領導，忠於對女性的渴望。壓倒瑪莉亞後，刃更用手和嘴愛撫她的胸部之餘，空著的另一隻手繞到了她的背後，隔著內褲揉起屁股。

「啊嗯！……哈啊……嗯嗚、呼……！」

當瑪莉亞為高漲的快感而全身扭動時，刃更將膝蓋頂進她兩腿之間，撐開她的腳；於是瑪莉亞順勢用腳纏住刃更的腰，並抱起他不斷在胸間磨蹭的頭，刃更也跟著把大口含在嘴裡的整個尖端吸得更加用力。在這瞬間迸發的強烈快感——

「——呼啊啊啊啊！嗯！……不要……！」

這時，瑪莉亞注意到自己的本能也開始作祟，幾乎忘了自己是因為潔絲特下令魅惑刃更而來。看來刃更能使澪和柚希屈服，除了主從契約的催淫詛咒外，也和他自己的才能大大有關。明明沒有女性經驗，卻擁有能夠完全融化女性身心的天分。

「…………………」

刃更發出「啾噗」一聲，鬆口放開瑪莉亞的胸部，黏糊糊的唾液拉出一條猥褻的銀絲。瑪莉亞還來不及喘口氣，另一側胸部又被刃更吸進嘴裡。

刃更空虛的眼裡，似乎有種莫名的寒光。

「刃更哥……啊啊！刃更哥……」

順從本能加強刺激的刃更，使瑪莉亞的意識逐漸模糊。

——潔絲特說，瑪莉亞應該很善於籠絡男性；而事實上，儘管她常對刃更做出大膽行為，或是出些鬼點子讓刃更能更輕易地以快感屈服澪和柚希，自己卻對快感沒什麼抵抗力。這是因為生為夢魔族人的瑪莉亞，對這方面的知識確實是較為豐富——但年紀實在太小，還沒體驗過真正的快感有多驚人的緣故。化為成體、全身變得較平時敏感數倍的瑪莉亞——

「……如果早知道會變成這樣，我真應該早點讓刃更哥跟我做才對。」

緊擁著刃更這麼說，眼角跟著流下一滴眼淚。這麼一來——自己和刃更的第一次和最後一次，或許就不會是如此徒具形式的空虛行為了。

……可是，無論如何……

邂逅刃更那時，自己早就不得不服從佐基爾的命令，不得不繼續欺騙刃更和澪——換言之，想和刃更建立她心目中的關係，從一開始就是不可能的事。接著——

「來吧，刃更哥……用你的溫柔瘋狂蹂躪我吧。」

瑪莉亞終於命令刃更進行決定性的行為。當他脫離精神支配、發現自己在初體驗過程中對女孩子有多麼殘暴時——這樣的事實，一定會在刃更善良的心刻下絕對無法抹滅的傷痕。親手玷污自己原本企圖保護的對象，這樣的罪孽——相信能幫助瑪莉亞完全支配刃更的精神、使他墮落。

「對不起了，刃更哥。不過你不會孤單……我也會和你一起墮落的。」

「————」

隨後，刃更緊抓住瑪莉亞雙肩，將她直接壓進床裡。

瑪莉亞沒有抵抗，只是默默等待刃更的摧殘。但是——

「唔！……呃、唔……啊……！」

刃更卻沒有進一步動作，反而開始痛苦地呻吟，渾身顫抖。

「怎麼會……你不是直接中了我的洗禮嗎？」

瑪莉亞驚訝得睜大了眼。刃更正試圖強行掙脫瑪莉亞的精神支配，緊咬嘴唇，嘴角甚至流下血痕。

「！……萬理亞……！」

刃更的眼神很快就恢復正常，並用力摟住瑪莉亞。

「假如妳……真的認為我怎麼做都可以。」

然後說：

「那我要幫助妳——我一定要救妳離開這個痛苦的處境。」

刃更溫柔但強烈的話語和擁抱，讓瑪莉亞差一點就被他說動——

「————！」

但仍粗暴地甩開了他的手，並迅速跳下床；等她退到房門邊拉開距離，已將不整的衣物穿了回去，眼神冰冷地凝視刃更。接著，刃更緩緩下床，具現出他的武器——魔劍布倫希爾德。見狀——

「你想靠武力解決嗎……好啊，反正我也不討厭男人來硬的。」

瑪莉亞臉上浮現冷笑，而刃更卻不說一句話，只是做了一件事。

布倫希爾德的劍尖不是指向瑪莉亞，而是直接刺進石板地。

一聲「喀鏗——！」過後，布倫希爾德就生了根似的立在地上。

「……這是什麼意思？該不會以為，跟我打不用武器都能贏吧？」

對於瑪莉亞的疑問，刃更搖頭說：「不。」

「空手就能打贏妳這種事，我想都沒想過。」

可是——

「我不是來打贏妳，而是來救妳的——所以我不需要武器。」

刃更凝視而來的堅定眼神，卻換來瑪莉亞的冷笑。

「……刃更哥，你心腸也太好了吧，在這種狀況下還打從心底為我著想啊。但事情都到了這種地步，我也不能丟下我家人的死活不管。」

所以——

# 第3章 全都是為了這一刻

「我給你一個忠告……就平時的戰鬥力而言，刃更哥你應該是占上風；可是，面對現在這個狀態的我還不拿出全力——可是會沒命的喔？」

話聲一斷——瑪莉亞就解放了自己的力量。

超越極限的力量頓時迸出瑪莉亞全身，化為氣場。那足以和前任魔王的力量失控時的澪匹敵的壓迫感，彷彿是她給刃更的最後通牒。

「…………！」

但刃更仍咬緊牙關，抵擋瑪莉亞釋放的壓迫感，並在下個瞬間——

「————」

從瑪莉亞眼前消失了。

——若要說服不願意傾聽的對手，只能以強硬手段逼其就範。刃更多半是打算在不傷害瑪莉亞的情況下限制她的行動，再設法說服吧。

速度型的刃更認真起來的速度，憑瑪莉亞平時的視覺幾乎是追不上，可是——

「——沒用的。」

瑪莉亞一個跨步，就側身閃開企圖擒拿她的刃更——

「我再說一次——刃更哥，你再多做什麼也沒有用了。」

並在說話的同時，以挾帶衝擊波的右拳轟飛刃更。

## 2

留在廳室中監視澪的潔絲特，正透過水晶球觀察他們的狀況。

見到那美豔夢魔將置身神速境界的刃更毫不留情地一拳轟飛時——

「……原來如此，就是那個啊。」

潔絲特輕聲表示理解。她曾聽說佐基爾意圖強擄成瀨澪時，瑪莉亞曾變身為成體救她逃走，如今終於一睹廬山真面目。戰鬥力能獲得那樣的提升，確實是非常驚人。看她那樣的表現，想和佐基爾周旋個一時半刻，也不是不可能的事。

可是……

就某方面而言，或許該避免瑪莉亞和刃更交手。在這之後，必須拿刃更作為攻陷澪的利器，更何況佐基爾還等著把他的消除能力弄到手。

瑪莉亞應該也知道這點，不會隨便傷及他的性命吧，然而——

……她多少還是有失控的可能。

原以為身為夢魔的她善於以精神支配籠絡他人，想不到她會那麼情緒化。無論是從她希

第3章
# 全都是為了這一刻

望遭受刃更侵犯，還是接受不了他的好意而如此氣憤——都可看出她對刃更也懷有特殊感情。所以，她才會表現得那麼冷淡，希望連她這個背叛者也想救的刃更能夠放棄她吧。

『————』

當潔絲特如此默想時，畫面中，遭擊飛的刃更整個人呈大字形撞進石牆裡；但他沒有就此昏去，爬出石牆又回到地上。受了瑪莉亞那麼強烈的一擊，應該已經遭到骨折級的重傷，眼中的光芒卻絲毫沒有減弱。

相對地，瑪莉亞則是為刃更露出淚水在眼眶中打轉的痛苦表情——然後為了延長家人的性命，再度攻擊刃更，要逼他放棄。接下來的畫面——

「…………………」

使潔絲特瞇細了眼睛，因為刃更沒有躲避瑪莉亞的攻擊。

影像中的刃更遭到擊飛的同時，整棟建築物也伴著轟聲搖撼起來，著實地傳達瑪莉亞那可怕的攻擊威力。

而後——刃更再度陷入牆中，這次終於失去意識。

奇怪……

刃更剛是故意停下腳步，選擇正面承受瑪莉亞的攻擊。

之前捱了反擊，是因為不清楚瑪莉亞戰鬥力提昇到什麼程度。事實上，即使瑪莉亞的戰鬥力大幅提昇，憑刃更的速度不可能躲不過；就算真的完全躲不過，也應該能避免直擊、減輕傷害才對。他故意不這麼做，表示——

……他也把感情放在第一位呢。

刃更是希望盡一切力量說服瑪莉亞，救她脫離佐基爾的控制吧。若明知她處境為難也要拯救她的心，就只能讓她接受自己的言語和意念，所以才會選擇正面接招。

放棄所有攻擊一味挨打——只為拯救她的心。

因此，等刃更恢復意識，他必定會繼續挨打，直到瑪莉亞肯接受為止。

這樣的精神或許值得敬佩，但一時的情緒可能招致傷殘，甚至丟了小命。或許，要瑪莉亞把刃更鎖回去，叫她回來冷靜冷靜比較妥當。當潔絲特這麼想時——

「！——？」

冷不防出現於背後的氣息，使她大幅向橫跳開。

同時——無數氣刃竄過潔絲特原先站立的位置。

多半是對空氣抽劍所造成的斬擊吧。於是——

「…………」

潔絲特鼓動羽翼，凌空急速迴旋，轉身查看氣刃來向。

看見的——是一名少女。那是和澪與刃更同居、勇者一族的野中柚希。見到一手拿著靈

第3章
# 全都是為了這一刻

刀、換上了戰鬥服的她——

「她怎麼進得來……」

潔絲特疑惑地呢喃。這府邸完全籠罩在佐基爾設下的結界之內，不僅勇者一族無法侵入，就算真的遭到入侵，也應該會立即發出警訊。

可是，潔絲特忽然察覺到異常的變化。

「大人的結界，消失了……難道——？」

她這才驚覺，之前刃更當著瑪莉亞的面將布倫希爾德刺進地面，不只是表示不願與瑪莉亞交戰——

「他認定自己是困在包圍這屋子的結界之內——然後用那個消除能力反擊結界，把它消除了嗎！」

對於喊出刃更真正目的的潔絲特——

「妳太小看刃更了——那就是妳犯的錯。」

柚希回話似的低語，接著忽然展開行動。

她即刻助跑跳躍，與身在空中的潔絲特縮短距離並連續斬出靈刀。那是排卻所有無謂動作的無數連斬，日前在街上的戰鬥就見過她使用一次，現在親身體驗，果真相當了得。

「妳的劍術是很高明……但還不足以構成威脅。」

潔絲特同樣張開無數魔法護壁彈開柚希的連擊，並以自己的銳爪左右交叉反擊。

「…………！」

柚希迅速以靈刀接擋，卻無法完全消去衝擊而彈飛，但仍勉強調整姿勢由腳落地。緊接著，潔絲特施放了攻擊魔法。

剎那間，布展於潔絲特面前的魔法陣射出了大量黑曜石尖槍。

面對傾注而來的無數黑刃，柚希在蹬步後退的同時揮刀迎擊；而且她的斬擊專精的不是攻擊，而是防禦。靈刀在空中依五芒星紋擊出的高速揮斬瞬時形成護壁，彈開潔絲特的魔法。這是因為她的斬擊不是一般的線狀，而是靈巧地控制成面狀的緣故。可是——

……沒什麼問題。

空中的潔絲特冷靜地評估敵我實力差距後如此判斷。雖不是可以輕忽的對手，但反過來說，只要沉著應戰就能夠順利打倒。假如她能拿出靈獸「白虎」顯化時的力量，或許會有那麼點棘手；可是這裡並不是勇者一族所構築的結界，靈刀無法發揮極限力量。

刃更的消除能力雖去除了佐基爾的結界，可是這建築物內的空間性質其實偏向魔界，幾乎不可能得到自然精靈的護祐。

相反地，還能增強自己等魔族的力量。

根據以上種種，判斷自己無疑能獲勝的潔絲特——

## 第3章 全都是為了這一刻

「——！」

卻被斜下方冷不防飛來的巨大雷電球，逼得緊急飛昇閃躲。

霎時間以為又有敵人來襲，但她很快就發現不是那麼回事。

「成瀨澪……」

澪不知何時已經清醒，以戰意濃厚的眼眸仰望著她。儘管仍被鎖鏈拴在牆上，但那已經只剩下物理性的束縛作用。由於佐基爾的結界消失，原本防止澪施放魔法的功能也隨之失效；而施放魔法需要的只是集中精神，不需要動作，就算行動受限也能隨心所欲地施法。

而且——潔絲特被逼著閃躲所造成的破綻，讓柚希有機會來到澪的身邊。靈刀一閃，尖銳的金屬聲鏗然迸響。

束縛成瀨澪的鎖鏈就這麼斷成兩截。

中了萬理亞的魔法陷入睡眠的澪，是緊接在柚希出現後醒來的。

或許是因為在學校的淋浴間，和刃更成功加強主從契約所得來的效果。

那時候不僅是戰鬥力獲得提昇，連對魔法的抵抗力也增強了。

鎖鏈被柚希斬斷而重獲自由後，澪檢查著手腕狀況之餘——

「……想不到會是妳來救我。雖然有點不太高興——但還是謝啦。」

側眼一瞥柚希，並向她道謝。

「不需要——如果要道謝，等到平安離開這裡以後，我再慢慢聽妳說。」

聽柚希一如往常地淡然回話，澪「是喔」地聳聳肩，然後問：

「——所以咧？妳應該不是一個人來的吧，刃更呢？」

「他現在，應該在想辦法幫萬理亞——刃更說，她是有家人被抓去當人質。」

聽柚希這麼說——

「…………這樣啊。果然萬理亞是被那些人逼著做這些事的。」

澪明白了那幼小夢魔的苦衷，垂下眼如此低語。萬理亞放催眠術時，澪就覺得她有點奇怪。假如她真的是惡意背叛——

……那她不需要那樣子看我。

萬理亞說澪已無路可逃並讓她睡著時的眼神，彷彿有著無盡的哀傷。

或許那句話的對象不是澪，而是她自己吧。

但她仍假裝背叛，刻意表現得那麼冷酷。

「…………………」

一想像萬理亞的心境，澪就緊緊握住了拳。

接著釋放出火紅氣場，眼瞪空中的潔絲特說道：

「既然是這樣，那我還真該好好向你們道謝呢——連她的份在內。」

## 3

——澪遭逮後，刃更要野中柚希在家待命。

他說他一定會設法找出敵方基地，要柚希隨後支援。

締結主從契約後，主從之間能感應彼此的位置。

柚希就是靠這點明白刃更是否入侵了敵陣。當他疑似進入了澪所在的結界而再也感應不到後，柚希就立刻前往反應消失的地點，卻找不到經過巧妙隱藏的敵方基地；因此柚希就留在原地靜候刃更的反應，直到刃更以「無次元的執行」消滅了結界，她才能發現佐基爾的宅邸，手機也在這時候收到了刃更的簡訊。從簡訊得知澪和萬理亞的處境和狀況後，柚希再依從簡訊上的指示，潛入建築之中。

刃更給柚希的指示，是希望她優先救出澪。

而現在——和澪一起對抗潔絲特的柚希，忽然有種感觸。

……幸好事先和刃更結了主從契約。

所以才能知道刃更的位置，找到這個地方。而且不知是兩人果真是天生一對，還是不想輸給澪的競爭心奏了效，竟然一結下主從契約，戰鬥力就獲得了提昇。

多虧如此……

就算和應有特A級實力的潔絲特對戰，也不至於遭到秒殺。

——可是，自己仍無疑地處於劣勢。即使和澪聯手以二敵一，也只是臨時硬湊起來的搭檔，在默契上難保不會出問題。況且，潔絲特的實力並不遜於使用靈槍「白虎」時的高志，甚至在他之上；而遺憾的是，在那場戰鬥裡，柚希和萬理亞聯手也無法打倒高志。

當然，現在的條件和狀況都和當時不同，搭檔換成了澪，心裡也不像對戰高志時那樣仍有所迷惘；更重要的是，柚希和澪都和刃更更加深了彼此的主從關係，戰鬥力不同以往。

不過……

即使結界消失，「咲耶」的護祐依然不見增強，力量只有對戰「白虎」時的一半。照理來說，在這種狀況下與特A級的潔絲特對戰，實在過於魯莽。

假如——自己是為勇者一族的任務而來，一定會立即選擇撤退。

並在召集同伴準備充分戰力後，重新挑戰潔絲特。

可是……

## 第③章 全都是為了這一刻

現在自己的身分並非勇者一族，而是名為野中柚希的少女。刃更仍在奮戰，豈有拋下他自己逃走的道理；更何況，一旦撤退就會給潔絲特和佐基爾會合的機會，屆時情況只會更加惡劣。

——所幸，看來佐基爾目前並不在這附近。儘管二對一的狀況下，與潔絲特的實力仍有相當差距——

……可是我們有澪在。

既然對方要搶威爾貝特的力量，就應該不敢對澪下重手。雖然這有如拿同伴當擋箭牌，說來並不光彩；但在這個非得戰勝實力差距顯著的對手的狀況下，沒有說漂亮話的餘地。

佐基爾不知何時會回來，必須盡快結束這場戰鬥。

然而與對方實力差距不小，恐怕是很難如願。對方不敢輕易傷害澪，也不能讓她逃走，行為勢必受限；但能夠藉由爭取佐基爾回來的時間，彌補這個限制——

「——想那麼多有的沒的也沒用。我們上吧，柚希。」

身旁的澪所說的話，正好和柚希的結論相同。於是——

「嗯——那我先上。」

說完，野中柚希就一鼓作氣向潔絲特疾奔。

「愚蠢……」

同時，潔絲特布下多數魔法陣——下一刻，石板地在轟聲中爆裂，化為無數圓錐尖槍刺向柚希。眼見銳刺逼來，柚希向前傾身加速低空騰躍，避開地面長出的尖刺，並腳蹬牆面再次跳躍，直接一口氣縮短與潔絲特的距離，斬出靈刀「咲耶」的第一擊。

對這由斜上斬下的刀光，潔絲特向後跳躍迴避。若往空中或兩旁閃躲，就會失去柚希的遮蔽，使澪的魔法有機可趁；若在原地以尖爪或護壁接擋，柚希會順勢展開連擊，一旦腳步慢下，對澪的魔法也會難以反應，所以潔絲特選擇向後退避並沒有錯。只不過——前提必須是柚希並不是技能型，也不是中、近距離戰鬥皆拿手的全能型劍士。

「！——」

向後跳開的潔絲特在柚希視線彼端抽了口氣。因為柚希的刀鋒雖遭避開，卻因斬過了空氣產生氣刃，向前——向潔絲特直掃而去。見到潔絲特立即展開魔法護壁防禦，柚希加速向前揮斬「咲耶」，以連續氣刃進行追擊，要把她釘死在原地——

「——！」

卻忽然反射性地向左跳開——同時，某種看不見的東西掠過了柚希右側髮叢。

……剛那是……？

柚希忽然緊張起來。那恐怕是某種土系魔法。刃更的簡訊中寫到，他認識的幫手曾在談論潔絲特時提及「處女」一詞。黃道十二宮的「處女宮」與土地有關，從她至今施放的魔法

第3章
# 全都是為了這一刻

全是土系魔法來看，往這方面來想多半是沒有錯。可是——

……根本沒看見……

那恐怕是經過高速擊發的石彈。考慮到魔法能夠加強硬度，那速度和威力甚至比一般槍彈要強上數倍；要憑視覺閃躲，幾乎是不可能的事。見到柚希向橫跳開解開架勢而停止追擊，露出煩惱表情——

「果然只有這點程度嗎……」

潔絲特冷眼如此說道，並對柚希伸出了手。這瞬間——

「——那妳又是什麼程度！」

澪完成魔法準備，紅燄頓時挾帶低沉轟聲籠罩潔絲特。

「妳還發什麼呆啊，柚希！」

見到如此斥喝的澪已經開始詠唱下一個魔法——

「————」

柚希也立即動身。對，潔絲特不是這麼輕易就能打倒的角色。

「拜託，『咲耶』——再給我一點力量！」

柚希衝向猛烈火柱，同時對手中的愛刀如此呼喊。

接著將「咲耶」收回鞘中灌注靈力，再朝火柱中的潔絲特猛力抽刀，閃光隨即伴著尖銳

「鏗」聲，將火柱從中橫斷。

「——退後！」

柚希一隨澪的呼喊飛快跳開，巨大的雷電球就接二連三地轟炸而下，放電的劈啪聲和雷擊轟開石板地的爆裂聲不停在廳中迴響——

「——成功了？」「！——還沒！」

柚希神情緊繃地回答歡呼的澪。這一刀的感覺，只切過了火焰。趕忙往背後一看，潔絲特人在遠處，身邊已布展了魔法陣——

「————」

看不見的石彈也在這時向柚希一齊發射。

柚希放棄迴避，以面狀的斬擊應對，用刀鋒構成的屏障彈開潔絲特的魔法石彈——

「————！」

但石彈威力超乎想像，反將「咲耶」震出柚希的手，彈上空中。

覺得「糟糕！」時，已經太遲。

「——結束了。」

潔絲特如此宣告，放出致命一擊。

第③章
# 全都是為了這一刻

釋放魔法石彈的瞬間，潔絲特就知道，這一擊將結束這場戰鬥。

接下來只剩澪一個了。既然佐基爾要她，無論如何都不能殺了她。考慮到雙方實力差距，頂多讓她受點皮肉傷就能使她無力抵抗。

於是潔絲特注視著柚希，準備迎接黑曜石彈將她擊穿的瞬間——

「——」

但是柚希前方忽然展開護壁，抵擋了潔絲特的魔法。

不用說也知道，那是誰幹的好事。潔絲特跟著往那裡看去。

看向儘管實力差距顯著，戰意也絲毫不減的成瀨澪。

……看來想不傷到她，比我預想的更麻煩呢……

雖知道她與刃更經過強化主從契約而提昇了戰鬥力，但雙方的關係加深，似乎也讓她的精神得到不小的成長；而心靈上的成長，能帶來不同於戰鬥力的力量。因為人只要對某個人抱持堅定信念，就能將那份信念化為力量。

可是……

這樣的信念愈強，反而愈容易動搖；而現在，在澪和柚希占有重要地位的刃更，就在潔絲特手裡。所以——

「……我真是為妳遺憾呢，成瀨澪。」

潔絲特對澪說道：

「都落入敵人手裡、陷入了絕境……妳心愛的東城刃更卻不來救妳，跑到瑪莉亞那裡去。妳現在作何感想？被自己那麼重視的人看得比背叛者還輕的感覺怎麼樣呀？」

「…………………………」

聽了這話，讓澪沉默不語。因為潔絲特所說的完全是事實。想讓她動搖，不需要誇大的謊言或渲染；只要稍微撼動她對刃更的信賴，那微小的猜忌很快就會成為遲疑，在戰鬥中造成破綻。接著——

「……這個嘛，感覺的確是不太好。」

澪低著頭喃喃地說。

「但也是沒辦法的事。雖然我們認識的時間不長，但我已經很了解他是怎樣的人了。我和萬理亞是為了欺騙他才接近他的，可是他卻原諒了我們，並進而保護我們，不惜賭上自己的生命。」

因此——

「我敢向妳保證，刃更絕對不是丟下我或認為我比較不重要；那一定是因為他醒來的時候，萬理亞就在他身邊。他不只是來救我，還要從你們這些利用人質的卑鄙小人手裡救出萬理亞，所以現在才會先幫她。」

「這種解釋也太美好了吧……妳真的認為事情會是那樣嗎？」

「那當然啊。再說，就算他丟下在他眼前受苦的萬理亞跑來救我，我也高興不起來啦。而且，他已經在想辦法救我了。」

因為——

「柚希……妳是主動來救我的嗎？」

「怎麼可能。是刃更拜託我，我才勉強來的。」

見到柚希乾脆地搖頭，澪「呵」地笑著說：

「妳看吧。我也很遺憾，我們的關係才沒有脆弱到會被妳那種下三濫的挑撥影響呢——跟妳和那個佐基爾才不一樣。」

「……妳是什麼意思？」

「之前，妳和佐基爾說話是什麼樣子，我都看得很清楚。我是不知道妳為什麼要認他當主人啦，可是在他面前，妳一直很不自在的樣子……」

接著，澪帶著從容的笑容按著胸口說：

「其實妳很羨慕……我們和刃更的關係吧？」

「…………妳還真有自信。」

潔絲特還以冷笑，並對澪說出下一句話——真正能打擊她的話。

「可是……我記得，當妳親眼看見朋友榊千佳和東城刃更親熱的時候，妳的反應倒是很激烈嘛？」

「！……那是因為……！」

澪的臉頓時爆紅，破綻取代了原有的從容。

潔絲特沒有放過這次機會，發動暗中詠唱的魔法，打算將澪腳下地面變成牢籠。只要使澪失去戰力，要收拾柚希一個並不是問題。但就在她下手的那一刻——完全預料不到的轟聲和衝擊搖撼了整個建築。

「什麼——！」

驚愕之中，潔絲特頓時明白出了什麼事。不會錯……剛那是瑪莉亞造成的，她又攻擊刃更了。

……怎麼會，她到底是在……！

潔絲特焦急全寫在臉上。果然該早點叫回瑪莉亞才對，佐基爾也想得到刃更，他可不能死啊。

這轉瞬間的緊張和猶疑，反倒讓潔絲特產生了破綻——

「——要挑撥人還想東想西啊？」

發現情況不妙時，澪已來到她眼前。

「既然這麼閒——就吃吃看這個吧！」

話一說完，挾帶爆裂聲的雷電魔法奔流就竄過了潔絲特全身。

## 4

有個少女，正為自己眼前的光景茫然佇立。

那是解放自身力量、對企圖阻止自己的青年轟出第三拳的瑪莉亞。

——現在，使靈子中樞暫時超載化的瑪莉亞，擁有準S級的戰鬥力。

但潔絲特交代在先，不可以殺害刃更，所以第一拳只是警告性質，刻意放輕力道；但刃更站了起來，又試圖接近瑪莉亞——所以她擊出第二拳，要完全打散他的意識。

手上立刻傳來刃更的肌肉擠壓得甚至要慘叫、骨骼斷折的感覺。

飛到牆上的刃更，就這麼昏了過去。於是瑪莉亞看著動也不動的刃更，心想這一切終於結束了。

刃更的抵抗——和瑪莉亞與他的關係，都完全結束了。

——然而，刃更還是搖搖晃晃地慢慢站起。

真是不敢相信。當然，現在的瑪莉亞一旦認真出拳，會把刃更打成肉屑，所以第二拳也沒用上全力。

儘管如此，那仍有擊飛小貨車的威力。照理來說，刃更應該是動不了了，但他還是站了起來，再度走向瑪莉亞。

見到他這個樣子，瑪莉亞吼叫著舉拳衝了過去。她叫的不是言語，純粹是感情的宣洩。瑪莉亞的拳就這麼三度轟飛刃更——以足以打出陷坑的威力將他砸在石牆上，看著他無力地向前癱倒、摔落地面，然後——

「怎麼會……」

瑪莉亞為自己眼前的光景茫然佇立。那並不是因為她把刃更傷得比想像中還重，而是因為都對他造成了超乎預期的傷害，這次應該再也動不了了——但他還是當著瑪莉亞面，動了。

動的是刃更的右手。他的手指觸摸地面似地爬動，並緩緩握起、蓄力成拳。

「為、為什麼——」

瑪莉亞驚愕失聲。受了她三次攻擊的刃更已是體無完膚、血跡斑斑。不是都告訴他，再多做什麼也沒有用了嗎？他應該什麼也做不到了啊？

第3章
# 全都是為了這一刻

可是他依舊——東城刃更依舊試圖站起。

「你、你為什麼還要站起來……你真的想死嗎，刃更哥！」

瑪莉亞忍不住大叫。刃更一旦站起，就等於是逼自己再度攻擊；但刃更已經瀕臨極限，假如再受到瑪莉亞的攻擊，說不定真的會喪命。所以，瑪莉亞實在不願意出手。

要是在這裡殺了刃更，自己至今所受的煎熬又是為了什麼呢？

「……………我當然、不想死……！」

不過，刃更的左手仍拄著地面，慢慢支撐頹倒的身體坐起；然後放開右手抓緊右膝，往下半身使力。

「唔……」地呻吟之餘，刃更終於站了起來，接著——

「——可是……我還能怎麼樣？有些事，我就是寧願死也不想做啊……」

刃更將視線抬至與化為成體的瑪莉亞同樣的高度，注視著她說：

「讓妳……那麼痛苦、救不了妳的，不都是……」

「！————」

刃更的話，讓瑪莉亞倒抽了一口氣。

並且明白，如今支撐著他的，是對瑪莉亞的執著。

——瑪莉亞自己，也對成為人質的家人有所執著。

既然都背叛身邊的人到這種地步，再怎麼樣都必須賭上自己的一切，將她救回。

可是，瑪莉亞一方面渴望救回成為人質的家人，心裡某個角落卻認為自己不可能成功。

和不只希望救瑪莉亞，還要把瑪莉亞的家人——以及澪一起拯救，並付諸實際行動的刃更相比，執著的程度根本不同。

……可是我……！

瑪莉亞不甘地緊咬嘴唇，而刃更仍朝她步步走來——

「…………！」

忽然因痛楚而表情糾結，一腳跪地。

瑪莉亞用盡一切力氣，忍住上前扶起刃更的衝動。

——恐怕潔絲特正在監視這房間的狀況，假如有任何幫助刃更的舉動，成為人質的家人極可能立即喪命。

這時，眼前的青年重新站起，又朝瑪莉亞走來。原該傷得動不了的刃更，一步步地逼近毫髮無傷卻動彈不得的瑪莉亞。

就這樣——刃更終於來到了瑪莉亞面前。

「唔……啊……」

實力明顯地是瑪莉亞居上，但她惶恐地不知所措。

## 第3章
# 全都是為了這一刻

「——我一定會救妳。不管是妳、澪還是妳的家人，我都要救出去。」

所以——

「萬理亞——算我求妳，不要放棄妳自己。」

說完，刃更抬起雙手，作勢擁抱瑪莉亞。

「！——」

因此，瑪莉亞跟著有所反應。

將絕不願退讓的執著灌注於右拳，往東城刃更的左胸揮去。

那是用盡全身力氣的一擊，且毫無阻礙，刃更絕無可能捱過——原該是這樣的。

「…………」

但即使被這拳擊中，刃更也沒倒下。

瑪莉亞是認真的，完全沒有留情。

然而——現在的瑪莉亞就算使出所有力氣，也只能在刃更胸口輕輕一敲。

「為什麼……！」

瑪莉亞強忍嗚咽，好不容易才能這麼說，而刃更緊緊抱住她的肩，說道：

「我知道妳不會的……這麼善良的妹妹，怎麼可能真的打哥哥呢？」

就算在力量上占盡優勢，不是真心想傷害刃更的瑪莉亞，是不可能戰勝真心想幫助瑪莉亞的刃更的。

「對不起，這些日子讓妳一直這麼痛苦——之後的事就交給哥哥吧。」

接下來，如此溫柔的話語——

「嗚……啊……啊……」

拚命忍到最後的淚水，終於從瑪莉亞的眼角滾落。

這瞬間——禁錮在心裡的情緒，一口氣氾濫、決堤。

「————————」

就這樣，瑪莉亞再也壓抑不住自己的眼淚和感情。

只能哭泣。在刃更懷裡，嬰孩似的放聲哭泣。

她的臉龐——已經完全是個緊抓著深愛的哥哥哭泣的，年幼妹妹。

## 5

澪的雷電魔法癱瘓潔絲特之後。

野中柚希用她帶來的魔族專用捆繩，將潔絲特五花大綁。

第3章
# 全都是為了這一刻

沒直接要了她的命，是為了問出佐基爾的弱點等資訊。佐基爾肯把澪交給潔絲特一個看守就離開，表示她多半是佐基爾最重要的屬下。

這麼一來，知道佐基爾一、兩個祕密也不為過。但話雖如此——

「……………………」

無論柚希和澪怎麼問，潔絲特概不回答。聽澪說，潔絲特面對佐基爾顯得很不自在；所以她可能和萬理亞一樣，是被迫聽命於佐基爾，這樣就有機會得到她的協助，但是——

「看來……別說是幫忙，就連要她透露些什麼也不可能呢。」

對於無奈嘆息的澪，柚希是這麼回答的：

「那麼放她活著很危險，早點解決掉比較好。」

用能夠封住魔力的繩索捆住，並不代表能完全放心，還是有遭到反擊的可能；假如到時候又遇到佐基爾回來，那真的是死路一條。

「……靠我們兩個，或許是說破嘴巴也沒辦法說服她幫我們啦。」

澪接聲「可是」，繼續說：

「讓刃更來的話，說不定有點機會……他是知道我和萬理亞的真實身分以後，也能照樣接受我們的人，或許連她的心都有辦法打動吧。」

「……………………」

澪的提議使柚希陷入沉默。光是潔絲特一個，就要柚希和澪聯手，而且是出其不備才打倒的；就算是多了刃更，要正面打倒高階魔族佐基爾恐怕極有困難。從這點來看，值得把機會賭在刃更上。

「好吧……那我們要盡快找到刃更和萬理亞才行。」

之前的衝擊和轟聲已經平息，但他們仍可能還在戰鬥。只要告訴他們潔絲特已經打倒，也許能幫上受人質威脅的萬理亞和嘗試說服她的刃更；但若把潔絲特留在這裡，萬一逃走了可是無處可找。考慮到她的戰鬥力，留一個人看守她也不夠；還是帶著捆住的潔絲特，三個人一起去找他比較妥當。當意見一致的柚希和澪互點個頭，準備動身時——

『！————？』

身體忽然難以移動，讓柚希和澪疑惑不已。不只不能動，喉嚨也發不出聲音，呼吸窒礙。接著——

「——喔？才離開一下子，怎麼就弄得這麼亂啊。」

上方冷不防傳來帶著笑意的話聲。柚希勉強抬起頭，看見的是從未見過的男性魔族。

「佐基爾……！」

第③章
# 全都是為了這一刻

身旁的澪帶著滿腔憎恨喊出他的名字。

「喔?……我用的精神束縛和之前相同,怎麼這次就能說話啦?」

佐基爾表情愉悅地這麼說,並降落在柚希和澪面前。這瞬間——

「!——……」

野中柚希不禁抽了口氣。她並不是第一次面對高階魔族,但是——

……想不到,竟然會這麼……!

柚希這才驚覺,自己盤算得太淺了,佐基爾身上的氣場遠超乎柚希的想像。當動彈不得的柚希急得咬牙切齒時——

「果然有同伴陪著,意志會堅定一點呢……嗯?」

佐基爾忽然把注意力轉向柚希,視線如蛇一般爬到她身上。

「嗯……真是不錯。我在影像裡見過妳,不過本人看起來可口多了,是個可造之材呢。連潔絲特都打得倒,就算是二對一也值得嘉許。」

慶祝吧。

「我就讓妳和成瀨澪一起成為我的人好了……我會讓妳品嚐,東城刃更那小子絕對給不了妳的絕頂快樂。」

「……你算什麼東西。」

「什麼話……妳和成瀨澪，很快就會主動乞求我疼愛妳們了。」

面對強忍恐懼的柚希怒眼瞪視，佐基爾笑了笑，然後——

「現在……沒事吧，潔絲特？」

來到柚希身旁的潔絲特面前。

「……大人，屬下對不起您。」

被綑繩束縛、跪在地上的潔絲特表情悲痛地垂下了頭。

「沒關係……多虧了妳，讓我除了東城刃更外，又得到了一個新玩具。」

「大人……」

聽佐基爾溫和地這麼說，潔絲特跟著抬頭望向為自己擔心的主人。

——但佐基爾卻對潔絲特不當回事地手臂一揮。

隨之迸發的衝擊波吞噬了潔絲特，轟隆一聲將她砸在背後牆上。

潔絲特隨衝擊撞上石牆後，無力地摔落地面。

「！……佐基爾、大人……？」

傷痕累累的潔絲特抬起頭，往佐基爾看去。

第 3 章

# 全都是為了這一刻

「喔喔，真抱歉……沒事吧？」

佐基爾隨後語帶笑意地道歉——但對象不是潔絲特，而是受到攻擊潔絲特的衝擊波波及、彈到一旁的柚希。

「再過不久就要成為我的人了，還在妳身上弄出不必要的傷。不必擔心，我待會兒就幫妳處理——全身每個角落都會弄得乾乾淨淨。」

「…………………」

接著，佐基爾的視線終於回到茫然注視著他的潔絲特身上。

「連我費煞苦心弄來的寶物都看不住……」

並不屑地「哼」了一聲。

「想不到妳會這麼沒用——簡直垃圾。」

「這……大人，我……」

遭到主人唾棄的潔絲特一臉的哀苦。

「如果只是這樣就算了——潔絲特，妳很羨慕這兩個丫頭是吧？也希望那小子當妳的主人嗎？」

「！——」

那是潔絲特被澪反問，而稍微想像了一下下的假設。

連這般微小的念頭也遭到看透，讓潔絲特不禁渾身一僵。

「妳在想什麼，我隨時都能知道——妳忘了自己是誰一手造出來的嗎？告訴妳——」

佐基爾說道：

「事情做不好又欠缺忠誠的屬下，只不過是個垃圾罷了——去死吧。」

一這麼嫌惡地說完，潔絲特的造主就對她施放某種詛咒。

……怎麼會……

潔絲特震驚不已，那是能夠當場結束她性命的咒語。

「啊……啊……」

突然一團紫光包圍了潔絲特，此時的她，只錯愕地看著事情發生。

其他屬下獲得的寵愛，潔絲特一次也沒體驗過，但她仍為幫助主人佐基爾而賣力地完成每一項任務。那是生為女性、只能以女性身分侍奉主人的自己，唯一可行的生存方式。

——如今，主人卻捨棄了潔絲特，甚至要殺害她。

但潔絲特完全無法抵抗，抗拒不了主人對自己的無情與無理。

對潔絲特這魔導生命體而言，造主就是如此地至高無上。

當包覆潔絲特的紫光猛然增強，即死詛咒就要發動的瞬間——

「————」

第3章

# 全都是為了這一刻

一陣風穿過了潔絲特身旁，同時——

伴隨著尖銳的「鏗——」聲，奪取潔絲特性命的詛咒之光忽然消散。

「…………」

到底發生了什麼事——潔絲特心裡一片茫然，但眼睛卻確實看見了。

以披覆裝甲的右手握持魔劍、奔向佐基爾的青年。

東城刃更。

東城刃更衝進廳室的當下，就果決地採取了行動。

澪和柚希平安無事，有個應是佐基爾的男性魔族。

佐基爾就要殺害他的屬下潔絲特。

瞬時把握所有狀況的刃更在全速疾奔途中具現出布倫希爾德，毫不減緩地竄進佐基爾和潔絲特之間。

「————」

並且雙手緊握布倫希爾德斷然一掃，施放「無次元的執行」，即將殺害潔絲特的詛咒也在這一刻伴隨尖銳鳴響消失不見。

「「！——刃更！」」

接著在澪和柚希異口同聲的驚叫中——

「喔喔喔喔喔喔喔喔喔喔喔喔喔喔喔喔喔！」

刃更毫不畏懼地揚起布倫希爾德一劍劈向佐基爾。

——但刃更可沒自大到，以為沒有變化的攻擊有辦法打倒高階魔族。

直線劈下的上段斬擊中途轉斜，直指佐基爾的肩口。

拉出一道白光的高速劍閃，就這麼彷彿被佐基爾的左肩吸去——

喀鏗————————！

但在最後一刻，被佐基爾右手伸出的黑刃之劍阻擋下來。

「嗯……在這種狀況下還能冷靜思考，加上一點假動作，確實不差。可是——」

佐基爾笑道：

「就算有點速度，但這種程度的假動作不多來幾個，是摸不到我的。」

「！…………」

與佐基爾兩刃互抵的刃更表情僵硬地向後跳離開，拉開距離。

「說到讓即死詛咒失效嘛……雖不知是何原理，但確實驚人。」

佐基爾興致濃厚地看向刃更說：

「而且還把我的結界也消除了……報告上說，那是用於反擊的技能；但看情況，你已經熟練到能夠靠變通手法突破這個限制了呢。」

「…………」

面對那張淺笑，刃更架起布倫希爾德，還以沉默。

佐基爾推測的「變通」，確實是沒錯。

——「無次元的執行」原本只能用在反擊對手的攻擊上。

但是，刃更藉由放寬限制——擴大「攻擊」的定義，在某種程度上成功提昇了「無次元的執行」的應用性。

之前能對佐基爾的結界使用「無次元的執行」，就是因為將身處結界、與外界遭到隔絕視為「受到結界攻擊」。

「話說回來，想不到你能成功說服瑪莉亞，還帶著一身的傷一個人挑戰我……對你們來說，那傢伙現在的力量可是你們打倒我的那麼一點點希望呢。」

「……萬理亞有人質在你手上。」

刃更終於開口。

「讓她和你交手，她一定會隨時把這件事放在心上，容易被你威脅或動搖而有所遲疑，風險實在太高了。」

第3章
全都是為了這一刻

萬理亞本人也曾希望一起對付佐基爾，但刃更回絕了。雖然明白她的心情，也很感謝她的心意，但萬理亞受到佐基爾的要脅箝制，敵人在精神面上處於優勢，容易控制她；就算變身之後得到巨大力量，若無法發揮也是無濟於事。在家人性命遭到威脅的狀況下也殺不了刃更，萬理亞這個少女的心地就是如此的善良；但這份善良只會讓佐基爾有機可趁，所以刃更只好將她留下。

「原來如此，看來你這小子是有點腦袋。」

佐基爾愉快地加深笑容，說：

「可是奇怪了……你能想到這麼多，為什麼還要救潔絲特這個敵人呢？難不成你有『不准任何人死在你面前，就算敵人也要救』的那種扭曲的正義感嗎？」

「……很不巧，我沒有那種崇高的信念。我只是認為——」

刃更將視線移向還無法站立、茫然看著他的潔絲特，說：

「她可能和萬理亞一樣，是被逼著服從你的；這麼一來，她就不是我們的敵人。這樣的理由夠充分了吧。」

「太天真了……潔絲特對我，和你跟成瀨澪與那個小姑娘那種半玩樂性質的主從關係不一樣，是必須絕對服從的，就像剛才那樣，包含死亡在內。你信不信我只要下個令，她照樣忘了你的救命之恩對你出手？」

「到時候，澪和柚希會幫我再制伏她。」

看她被綁成那樣，應該是在處理萬理亞時，澪和柚希合作戰勝了她吧。瀧川說她是個棘手的人物，可見儘管不如佐基爾危險也擁有相當實力；要是讓澪她們和她再一次正面對戰，誰是贏家還不知道。不過她現在被束縛魔族用的綑繩綁著，應該不會構成問題。然而——

「——很可惜，那是不可能的。」

佐基爾笑道：

「不巧她們兩個，現在動也不能動……被我綁住了。」

「小心啊，刃更……他會用奇怪的咒術或魔法！」

當澪如此大叫、一旁的柚希給予肯定的苦悶表情時——

「沒用的——你是躲不開我的精神束縛的。」

佐基爾的銳利視線霎時射穿了刃更全身上下。

佐基爾就這麼看著刃更架持著布倫希爾德，再也無法動彈。

「————！可、惡……！」

即使因這意外的攻擊而一時慌亂，刃更仍拚命地嘗試掙脫束縛。

## 第3章
# 全都是為了這一刻

「剛才的氣燄到哪裡去啦？才這樣就動不了，也未免讓人太失望了吧？」

佐基爾的精神束縛並不是特殊的咒術或魔法，單純是將敵意或殺意等意念轉為壓迫感，壓制對方的行動而已。實力差距愈大，效果也愈強。

「聽說你是那個迅．東城的兒子，還以為會是什麼驚天動地的貨色……他怎麼會為這種程度的兒子捨棄最強勇者的稱號啊？親情這玩意兒還真是難懂，竟然讓擁有戰神之稱的男人變成了一個笑話。」

「────────」

佐基爾繼續對為這輕蔑的嘲笑啞然無語的刃更說：

「放心吧。雖然我平時，不會讓區區精神束縛就能困住的雜碎苟活，但是擁有稀有能力的你就得另當別論了。就像成瀨澪體內的威爾貝特的力量那樣，我會好好地解析清楚，然後把你和你的力量都變成我的東西。」

佐基爾徐徐走向刃更──

「首先呢──就讓我看看你在想什麼吧。」

然後左手往他的額面伸去，剎那間──

「！────？」

佐基爾反射性地向後跳開，就在這一刻，刃更的布倫希爾德也橫掃過佐基爾原先所處的位置。

「喔？……硬是掙脫了我的精神束縛啊？看來對你來說，變成父親的累贅是個難以忍受的事實呢。」

聽見佐基爾飄然著地並如此嗤笑，刃更俯下臉說：

「你愛怎麼說我都行……事情和你說的一樣，我沒什麼了不起。可是──」

刃更抬起頭，用蘊藏劇烈怒氣的眼注視佐基爾。

「無論是誰，都不准侮辱我爸──東城迅……絕對不准。」

舉劍備戰的刃更，對佐基爾再也沒有任何恐懼或遲疑，因此──

「是嗎……那麼，現在換我告訴你一件事。」

佐基爾冷笑道：

「──記住了，所謂的雜碎，都是雜碎的種啊。」

這些話一出──刃更就如同離弦的箭，朝佐基爾正面衝來。

原本──東城刃更的實力水準並不足以掙脫佐基爾的精神束縛。

但他仍然成功了。而原因，與他至今曾與幾個和佐基爾同等的對手交手有關。

第 3 章
# 全都是為了這一刻

例如五年前，附在勇者一族某年輕人身上、將「村落」幾乎毀滅的邪精靈。

上個月，使威爾貝特的力量失控的澪。

以及前不久，使靈子中樞過載而變身的萬理亞。

他們都擁有準S或S級的力量，與他們交手的經驗，為刃更建立了對抗佐基爾精神束縛的基礎。

——可是，真正使現在的刃更掙脫束縛的，是更強過這些經驗的力量。

那就是熊熊燃燒的炙熱感情。

以卑鄙手段傷害寶貴的妹妹——澪和萬理亞，使她們備受煎熬。

連刃更最為尊敬的父親——迅都遭到了對方的侮辱。

對於這樣的佐基爾，東城刃更將心底湧上的怒火化為了力量。

速度在第三步時就化為疾奔，並在進入佐基爾劍及範圍前一瞬再度加速向前猛跳，霎時繞到佐基爾背後凌空水平橫斬。可是——

「——哼！」

佐基爾冷笑一聲，將劍往背後一晃就擋住了攻擊。

劍戟相抵的尖銳金屬聲頓時迸發——但還來不及化為殘響，刃更已讓自身肢體進入下一個動作。在石板地著地並滑行一小段後，刃更壓低身形起腳疾奔，一舉縮短與佐基爾的間距

——

「喔喔喔喔喔喔喔喔喔喔喔喔喔喔喔喔喔喔喔喔！」

再接上連續高速斬擊，於極近距離以高速步法不停改變架勢及位置。而面對一再出劍的刃更——

「我之前就說了——你速度是不錯，就人類水準而言已經很高了。」

如此評論的佐基爾，一面輕鬆從容地擋下他每一劍，一面說：

「恐怕在勇者一族中，能跟上這速度的也屈指可數吧。相信你就是靠這樣的速度，打倒以往每一個對手，不過——」

太可惜了。

「以速度優先的攻擊是很中看，可是欠缺力道；速度在對手之上就專挑死角或空門集中攻擊，反而容易預測。這種盡耍花招的騙小孩劍術，也只對程度相當或更差的對手起得了作用罷了。」

在不絕於耳的擊劍聲中，一直維持守勢的佐基爾——

「你父親沒教過你嗎？劍——是要這麼用的。」

一這麼說，就將黑刃之劍由下挑起，穿過刃更劍勢之間的微小縫隙直指而來。刃更迅速以布倫希爾德架擋——

第3章
# 全都是為了這一刻

「呃——！」

卻被這沉重的一劍整個人往上彈開，佐基爾跟著腿一蹬就逼了上來。

「唔……可惡！」

見到架勢失衡的刃更勉強揮出布倫希爾德——

「力道都那麼弱了還亂揮一通——真是難看到了極點。」

佐基爾將他漆黑的劍身輕輕一撥，無聲無息地架開了布倫希爾德。

「什麼————……」

連金屬撞擊聲都沒有的完全接擋，讓刃更頓時驚愕不已。

「——有什麼好驚訝的？」

緊貼刃更的佐基爾在鼻息都能接觸彼此的距離冷笑著說：

「你該不會……還不明白你我的實力差距究竟有多大吧？」

同時，刃更背上忽然受到沉重衝擊。是來自佐基爾劍柄的槌打。

「呃啊……！」

衝擊到達肺部、連呼吸都遭剝奪的刃更，就這麼墜向地面——

「！……——呃！」

但仍盡力從腳落地，一膝跪下以抵抗幾乎使他摔倒的慣性，並在呼吸依然不順的狀態下猛一抬頭。

只見佐基爾浮在空中，手上的劍散發光暈。

「嘗嘗地獄之火的滋味吧——」

隨這話揮出的劍噴出了漆黑火焰，燒盡空氣直撲而來。

「唔——嗚喔喔喔喔喔喔喔喔！」

刃更即刻以「無次元的執行」抵擋——但時機抓偏了，只能勉強將其劈散。想不到，黑火竟在落到刃更周圍地面的同時起了連鎖反應，全數爆炸。

「啊啊啊啊啊啊啊啊啊啊啊啊啊啊啊啊啊啊啊啊啊啊啊啊！」

刃更頓時遭衝擊轟飛，重重摔在地上，一路滾了十多公尺。

「——刃更！」

柚希哀號似的叫喊——將刃更的意識從渙散邊緣拉了回來。

「唔……！嗚……啊……！」

於是刃更使盡力氣站了起來。絕不能在這裡倒下。

為了守護寶貴的家人，為了不再失去寶貴的事物。

為了不讓這卑鄙小人奪去寶貴的妹妹和青梅竹馬。所以——

「…………………！」

東城刃更以手背擦去嘴邊的血，向前看去。佐基爾已經回到地面，淺笑著看來。

「不錯嘛……雖然發動不完全，但還是能擊散我的火焰。果然是個厲害的能力。」

太期待了。

「一旦我得到這個能力和威爾貝特的力量——我就能成為一統魔界的新帝王啦！」

「！……想都別想，作夢吧你！」

絕不能讓這傢伙如願。

喊出否定的言詞，刃更再度向前。

## 6

這是場絕不能輸的戰鬥，然而——

……可惡！

劇烈的焦急使東城刃更心浮氣躁。自己在速度占了優勢，無論是攻擊速度、移動速度還是反應速度——各種速度上，刃更都在佐基爾之上。

——但是，就連一次也碰不到他。

佐基爾總是從容接下、輕鬆架開、自在地閃避刃更的攻擊。攻擊威力不如他，假動作也被他看透，再快都能泰然應對。只靠速度是絕對碰不到他的，雙方實力差距就是如此明顯。

再加上——據萬理亞說，佐基爾不只劍術高強，還能使用多種強力魔法。剛才的黑火並不是魔法，只是透過劍身釋放的魔力而已。光是鬥劍就被他要著玩了，若再加上魔法簡直只能任他宰割。不過——

……我也不能這樣就投降認輸啊……！

身為兄長、身為青梅竹馬、身為人子——東城刃更有必須守護的事物。眼前這男子，就要奪去、玷污自己寶貴的事物。

無論如何也絕不允許這樣的事情發生。

而且……

儘管陷於壓倒性的劣勢，但現在的情況或許還算好。成功使用「無次元的執行」解救潔絲特，讓佐基爾不敢貿然行動，同時也為了得到這項能力而打算活捉刃更。這雖然令人慚愧，但仍是這絕望的實力差距中的微小希望。因此——

……拜託，一定撐住啊……！

刃更對自己的肉體如此祈禱後，改變了自己的戰鬥方式。

第3章
# 全都是為了這一刻

那是與著重去除無謂動作的速度型處於兩個極端的戰法，之前和使用靈槍「白虎」的高志交戰時就用過一次，在使出全速的同時故意加入近乎雜亂的無謂動作，使對手難以猜測。

……再一點點就好……

只要能逼緊佐基爾、製造些微破綻，就有機會打倒他。所以──

「────」

東城刃更奔入超神速的領域，奮然攻向佐基爾。

「喔……！」

見狀，佐基爾發出愉悅的讚嘆。刃更以不規則且超乎常理的連續組合攻擊一再進攻，而佐基爾仍是不疾不徐地擋開刃更的連擊──

「無視套路的捨身攻擊啊……就最後的掙扎而言，或許有點看頭。」

並同樣帶著從容的笑容，保持守勢。

──可是，刃更在這時再度加速，甚至開始慢慢出現殘影，每次攻擊從分散轉為連貫，逐漸穿透佐基爾幾乎滴水不漏的防禦。最後──

「喝啊啊啊啊啊啊啊啊啊啊啊──！」

刃更以裂帛之勢擊出的斜挑，稍微擦過了佐基爾。

在佐基爾的戰鬥服肩口上，劃出小小的裂縫。

……有機會……！

就在刃更從手中劍上傳來的細微感觸見到一線光明時——

「有意思……就算只是擦過，能碰到我佐基爾就不簡單了。」

佐基爾輕笑一聲，說：

「——那麼，這招怎麼樣？」

話一說完——佐基爾的身影就彷彿融入虛空之中，消失不見。

「什麼——！」

刃更不禁驚呼。佐基爾不只是氣息，就連那驚人的魔力氣場也消失得不留痕跡。

這讓刃更面色凝重地架起布倫希爾德，雙眼掃視四周。

「！——？」

發現身旁有人而屏息反應時，已經太晚。

「呃、啊……啊……！」

一隻看不見的手猛然掐住刃更的脖子，將他就地舉上空中。接著——

「怎麼，太難看了吧……擅長靠速度從對手眼前消失的人，不知道怎麼應對會消失的對手啊？」

眼前虛空中，傳來了如此的嘲笑。但即使被隨時能扭斷他脖子的力量掐著——

第3章
# 全都是為了這一刻

「呃……唔、喔喔喔喔喔喔喔喔喔喔喔！」

東城刃更還是硬將布倫希爾德往眼前的空間猛力揮掃。

「——喔？」

不過在那之前，他已經整個人狠狠由背摔在地上。轟聲之中，地上出現了一個以刃更為中心的陷坑。

「啊……嗚……啊……！」

即使因竄遍全身的衝擊和劇痛而苦悶呻吟，刃更還是奮力向左翻身。

同時「喀鏗——！」一聲，看不見的劍刃刺穿了之前刃更右肩所在的位置。

「哈哈！竟然躲開了……不錯嘛，就是要這樣。」

「——！那裡嗎！」

刃更翻滾途中蹬地起身，朝聲音來處斬去。

目標是下肢，嘗試奪去看不見的對手的機動力，消除其優勢。

然而——刃更橫掃出的布倫希爾德，只斬過了空氣。

還反被類似劍柄的物體從右方擊中臉頰。

「唔！呃啊！唔……嗚……」

腳步因衝擊而失衡時，身體又接連捱了數次衝擊。刃更痛苦得向前屈身，但仍緊咬牙關不願倒下。可是——

「你那自豪的腳步也終於停下來啦？……那我就早點打趴你，讓你解脫吧。」

當佐基爾笑呵呵地這麼說的瞬間，痛苦俯首的刃更——

「啊——！」

後腦杓吃了一搥，渾身一軟向前癱倒。

——那一擊，確實具有足以讓刃更昏死過去的威力。

與佐基爾交戰前，刃更就已和瀧川對打、在說服萬理亞的過程中故意承受攻擊，身上累積了不少傷勢。假如眨了眼，或許就再也睜不開了吧。

可是——視野因趴倒而打橫的刃更，用他隨時都可能不小心閉上的眼看見了某些東西。

那是對他使盡力氣疾聲呼喊的兩名少女。

澪和柚希。

『————！』

刃更聽不見她們在喊些什麼，全世界的聲音都消失了。恐怕是受傷過重，聽覺暫時麻痺了吧。不過——

『————！』

澪和柚希仍使盡一切力氣，對刃更拚命地疾聲呼喊。

東城刃更還是聽不見她們的聲音，一點點也聽不見。

『！————』

然而，他看得見她們再也喊不出聲、悲愴地看著他的表情。

「唔……！……喔、喔……！」

於是東城刃更咬緊牙關，重新站起。

因為他想起了自己為何戰鬥，為何非贏不可。

首先感到的，是強烈到令五感頓時為之一振的劇痛。

「又站起來啦……堅持到這種地步可不是勇敢，而是愚蠢呢。」

佐基爾口氣愉悅地這麼說，忽然在刃更眼前現身。

「……………………」

刃更不發一語，只是以平靜的眼神凝視著他。

「……眼神不錯嘛。堅忍剛毅，有著絕不退讓的執著——我馬上就會把這樣的執著，狠狠地踩在腳底下。來——」

佐基爾面露殘酷的笑容說道：

「讓我看看你那雙眼睛沾染絕望的樣子吧……」

話聲一斷，佐基爾又消失無蹤；但東城刃更沒有動作。

「————」

只是默默閉眼，將精神集中至最高極限。

恐怕……

就自身傷勢而言，這次或許是最後一次正常揮劍。

——絕對不能失手。為求必殺一擊，東城刃更調整架勢。

卸除全身多餘力道、放鬆肢體，使自己能以神速瞬時出劍。

無論是佐基爾的身影或氣息，都絲毫感受不到。可能是使用某種穿梭次元的能力，才能把自身存在消除得如此完全；但儘管如此，還是有那麼一瞬間的機會能逮到佐基爾，那就是——

……他攻擊我的時候……

目標就是那一瞬間。之前，刃更都沒能避開佐基爾的攻擊，可是他這次不考慮閃躲。既然對方能夠穿梭次元，無論怎麼跑怎麼躲都是枉然，那就乾脆不躲，在那瞬間擊出後發先至的神速反擊。

不久——背後空氣產生了些微晃動。

「————！」

東城刃更即刻以超越脊髓反射的速度扭身，擊出投注一切力量的一劍。

第 3 章

# 全都是為了這一刻

刃更的橫斬，準確地掃向了隱遁於虛空之中的佐基爾。

布倫希爾德穩穩擊中目標——東城刃更得到了如此著實的感觸。

「啊………」

緊接著——他卻受到更為強烈的驚愕。

布倫希爾德確實砍在他的身軀上。

但沒有傷到他，被一道護壁以間髮之差擋下。

——就差那麼幾公釐。

若這毫釐之差置換為零，或許就能將刃更導向勝利。

然而，毫釐之差和零之間，卻有著堪稱無限遠的殘酷距離。

「對了——我就是想看這種眼神。」

聽見佐基爾陰沉賊笑著這麼說的瞬間，東城刃更整個人撞上了背後的牆。

佐基爾眼前，撞上牆的刃更沿牆滑下，癱坐在地上。

——但是他再也起不來了。佐基爾的劍擊將刃更向後彈開，斬的不是他的身軀，而是要將他的意識完全斷除——原該是這樣的。

「刃更……！刃更——！」

遭到精神束縛而無法動彈的澪一這麼哭喊似的大叫——

「…………唔……」

刃更就發出呻吟似的聲音，微微有些動作；裝甲殘破不堪的右手，也仍緊握著布倫希爾德沒有放開。

「真想不到……就算雜碎的生命力總是特別驚人，但我真沒想到你還有力氣動呢。」

佐基爾愉悅地笑道，並緩緩走向刃更。

就在這時——

「——請停下來。」

佐基爾背後傳來冷冷的聲音。

不是澪，也不是柚希，而且——也不是潔絲特。

——那會是誰呢。

早知答案的佐基爾，笑得更開心了。

接著對背後問道：

「妳果然來啦……這小子只是來消耗我，而妳才是主力嗎，瑪莉亞？」

## 7

即使背後遭到瑪莉亞箝制，佐基爾仍露出從容的笑容。

而瑪莉亞也沉著地說：

「……不是的。刃更哥也要我不要來。」

可是──

「但我怎麼能就這樣眼睜睜看著其他人奮戰，就我一個袖手旁觀呢──畢竟跟你有仇的不是別人，就是我跟澪大人。」

聽瑪莉亞這麼說，人在稍遠處的澪──

「妳是……萬理亞嗎……？」

愣愣地出聲問道，也許是瑪莉亞化為成體的模樣使她太過驚愕吧。欺騙主人的罪惡感，讓瑪莉亞默默地以充滿歉意的眼神朝澪一瞥──

「──喔？妳這個樣子果然美多了。」

# 第3章
# 全都是為了這一刻

而如此些微的間隙，就給了佐基爾轉身的機會。

「！──────」

佐基爾的目光爬也似的在倉促向後跳開的瑪莉亞身上遊走，並說：

「平常那樣幼稚的身體讓人一點胃口都沒有，不過現在倒是挺誘人的。開始幫我做事以後，我多次要妳變身，妳都堅決地說不可能，就只能用那麼一次……果然是騙人的嗎。」

「……要當你洩慾的對象，我還不如去死。」

聽了瑪莉亞憎惡地這麼說──

「把貞操看得這麼重，還真不像是性觀念開放的夢魔族啊……那麼，不惜賭上家人性命也裝傻到底的妳，又是為了什麼變身的呀？」

佐基爾笑得兩肩打顫。

「是想在魅惑那小子的時候把握最後機會成為真正的女人──還是想用變身以後不再是自己的模樣，來減輕自己背叛的罪惡感呢？」

「……我已經沒有那種考量的權利了。我會變成這個樣子，是為了阻止刃更哥亂來。」

至於──

「我保持這個樣子來到這裡──是為了要你的命。」

聽瑪莉亞冷冷地這麼說──

# 第3章 全都是為了這一刻

「要我的命啊……的確，你們之中能跟我正面交戰的，就只有現在的妳了。」

佐基爾試探其實力似的回答。

「可是，妳變身到現在已經過了很長一段時間，這個狀態頂多只能再保持幾分鐘吧。妳以為妳能在這麼短的時間裡，殺死力量相當或更高的我嗎？」

「……不先打過一場，是不會知道結果的。」

「錯了，我當然知道啊。妳是殺不了我的……妳應該還沒忘吧？」

說完，佐基爾「啪」地彈響手指。

接著——右側牆面化為螢幕，播映出某個看似牢房的影像。

瑪莉亞被當作人質的家人就在影像裡。

「！…………」

瑪莉亞跟著倒抽口氣，表情悲痛。

「好了，我就讓妳自己挑吧……看妳是想保持這個樣子，和成瀨澪跟那位少女一起變成我的人，還是目睹妳寧願背叛穩健派和成瀨澪也要救助的年幼家人，慘死在我的手下。」

說著，佐基爾面露卑劣的微笑。

人質被關在沒有任何人知道的地點，這情況實在令人絕望。但是——

「……我兩邊都拒絕。」

瑪莉亞拚命挺住幾乎屈折的心，狠狠瞪著佐基爾。

因為刃更說過，他一定救出所有人，要瑪莉亞千萬別放棄。

而且——多虧刃更的努力，讓這絕望的狀況出現一線曙光，那就是——

「我要在這裡打倒你，再自己慢慢去找我的家人。那個女人，應該會知道她在哪裡。」

瑪莉亞往仍然動彈不得的潔絲特瞥了一眼，遭到捨棄、差點被殺的潔絲特，應該不會再有任何幫助佐基爾的理由。就算瑪莉亞可能說不動她，請救她一命的刃更來拜託，很可能就會答應了。可是——

「打倒我之後啊……很可惜，那是不可能的。」

瑪莉亞的話，卻惹來佐基爾的嗤笑。

「你憑什麼這麼肯定呢？我能保持這狀態的時間雖然的確是所剩不多——但現在的我如果使出全力，一定能一擊宰了你。」

佐基爾對稍沉下腰、作勢起跑的瑪莉亞說：

「錯了……我是說，就算妳能永遠保持這個樣子，想在打倒我之後救出妳的家人也是不可能的。」

這瞬間——牆上影像突然切換了。

「咦…………？」

瑪莉亞不禁一陣茫然。牆上映出的畫面，是一間鮮血淋漓的牢房。之前還在影像中的家人不翼而飛。

接著，佐基爾樂到心坎裡似的說：

「剛才我彈手指，不是為了放映那個畫面，而是用來啟動妳家人那間牢的超電磁波裝置。剛剛那些，都是啟動前的影像。」

真是可惜啊。

「不過妳儘管放心。雖然她死得那麼難看，但應該是連感到痛苦的時間也沒有才對。畢竟——她是剎那間從體內爆開的嘛。」

說完，佐基爾就播出那一刻的影像。

『——————』

監牢中浮出無數紫色電球，瑪莉亞的家人不知發生何事而驚慌失措，且突然間像氣球般急速膨脹、爆裂——鮮血四濺地炸成肉屑。

「啊……啊啊……」

成瀨澪視線彼端，錯愕的萬理亞口中洩出顫抖的聲音。

接著，連站立的力氣都逐漸流失的她慢慢跪倒，全身包覆在薔薇色的光暈中——下個瞬間，萬理亞的身體又恢復成原來的幼小模樣。

目睹家人慘死的絕望，捻熄了萬理亞僅存的最後一點力量。

若是平時的澪，應該會立刻衝上去扶起她吧，無論是否受她欺騙。既然被抓了人質作要脅，自然怪不得她。

——可是，現在的澪卻趕不到她身邊。

因為澪也和萬理亞一樣，被眼前的影像震懾住了。萬理亞家人的死狀，和為了保護澪而挺身抵擋佐基爾的養父，是那麼地相像。

使那一天的記憶毫無窒礙地甦醒了。

養父母遇害時的情境，在澪腦海中鮮明地重現——

「啊……啊啊、啊啊啊啊啊啊啊啊啊啊啊啊啊啊——！」

情緒瞬時爆發的澪，解放了心中急速膨脹的紅色波動。

第3章
# 全都是為了這一刻

「太棒了……」

佐基爾注視著澪在哀號般的嘶吼之中，解放威爾貝特的力量。

空氣劇烈鳴動，紅色波動以澪為中心陣陣擴散。

接著——狂亂的重力波風暴產生了奇異點，眼看就要吞噬一切。

但這時，一陣尖聲鏗然迸響，澪散發出的紅色波動隨之消散。

同時，地面、牆面、天花板都浮現出幾何圖樣的巨大魔法陣。

「——想不到這也能進行得這麼順利。」

佐基爾見到自己成功地完全封住澪的力量，悠哉地笑道。

——沉眠在澪體內的威爾貝特的強大力量。

為了得到這樣的力量，佐基爾準備得十分慎重；將他畢生知識，都灌注於這棟宅邸上。

這宅邸具備了能夠張設反魔法力場的結界，而其所需能量，也根據潔絲特調查日前澪對上拉斯並使力量失控當時得來的數據而調整妥當了。

至於如何使澪的力量失控，也有了一定程度的掌握。主要就是讓澪看見或體驗某些畫面，讓她想起養父母遇害時的情境。

換言之，只要重複播放剛剛的影像，或隨便找個人類或魔族當犧牲品即可。

若使她的力量如此一再失控，不用多久，覺醒就能完全常態化。

——唯一的難處，就是張設這反魔法力場需要消耗龐大魔力。

這次使用的，是佐基爾本身的魔力。威爾貝特不愧被譽為最強魔王，就連對魔力量深具自信的佐基爾壓制其力量這麼一次，都幾乎耗盡。

可是……

佐基爾輕輕一笑。

從下一次開始，就能沿用這次壓制失控時吸收的魔力，今後只要重複失控與吸收就行。

「這下子，要得到威爾貝特的力量也是指日可待了……」

佐基爾再次看向能力失控、眼神空虛地佇立的澪。

恐怕是魔力釋放過量，連意識都無法維持了吧。

只不過——即使在這樣的狀態下，澪還是一樣地美。

於是——

「那麼——就讓我多欣賞欣賞點吧。」

為了飽覽澪的美麗身材，佐基爾伸出右手，要扒下她的衣物——

「嗯——……？」

手卻突然消失了。

「！——呃啊啊啊啊啊！我、我的手，怎麼——！」

第 3 章
# 全都是為了這一刻

痛得表情扭曲的佐基爾急忙退開，而整條右臂已經只剩下肩頭。

——這時，佐基爾才終於察覺。

恍惚佇立的澪——周圍空氣正劇烈地晃動。

……這該不會……！

轉瞬間，佐基爾明白了澪解放威爾貝特的力量後，為何還能存活於重力波風暴的中心。

他不敢相信地叫道：

「她、她是製造出連重力波都無法穿透的空間斷層？……在身邊張開了超高溫屏障……

——？」

那恐怕是成瀨澪本身的力量。

掩藏在威爾貝特的力量底下，任何事物都無法扭曲的，澪的本質。

想到這裡的下個瞬間，佐基爾嚇得吞了口氣。

原因就在眼前——澪那雙依然空虛的眼睛，已轉向了他。

這一刻終於到了。

感受著強大力量在全身瘋狂奔竄之餘，成瀨澪靜靜默想。

「————」

成瀨澪注視著眼前的男子，恍惚回憶這半年來的漫長時日。

——某天，雙親毫無預警地慘遭殺害，並得知自己原來是魔族，不是人類。

過去的人生彷彿是謊言一場，使澪頓時茫然失措。而給她力量，讓她能夠免於被絕望與不安壓垮、一路撐到今天的，就是為了向殺害養父母的仇人——向眼前這名男子復仇，這般近似渴望的悲願。

終於能夠一償宿願了。澪心中類似確信的預感如此告訴她。

現在的自己——要消滅眼前的仇人簡直輕而易舉。因此——

「住、住手……」

澪對眼神怯懦地看來的魔族輕輕抬起手——

誰管你，我就要把你灰飛煙滅。因為——我就是為了這一刻而活的。現在，我要為爸媽報仇。

為此澪驅動魔力，要擊出消滅一切的波動——

「——不可以啊，澪。」

就在這時——一道細小的聲音制止了她。

第③章
# 全都是為了這一刻

9

即使拖著受傷的腳、按著沉重痛楚的側胸。

東城刃更仍往眼前澪的背影出聲制止。

「快住手……不可以殺了這傢伙。」

「…………為什麼？」

澪頭也不回地問，聲音晦暗低沉，完全不像平時開朗的她。刃更雖只能看見她的背，看不到她的臉，但現在——她臉上一定出現了絕不該出現的表情。接著——

「這傢伙是害死我爸爸媽媽的仇人……就是他親手殺的，而且還當著我的面。」

「……我知道。」

刃更痛苦地對還是沒回頭、語氣漠然的澪點點頭。

「我直到今天都是為了向這傢伙復仇而努力，為了殺死這傢伙而活的。」

「是啊，我知道……」

「既然知道——」澪問。

「那你……為什麼還敢阻止我殺他？」

「————！」

那令人心裡發寒的聲音，使佐基爾害怕得發抖，旁觀的柚希和潔絲特也嚇了一跳。那樣的魄力和壓迫感，再加上同時釋放出威爾貝特的力量及自己的潛在能力，澪全身散發著堪稱魔王的氣勢。

然而……東城刃更依然清晰有力地告訴她：

「因為我——不希望妳的未來，都活在復仇的陰影底下。」

刃更所說的，是他由衷的祈望。

——終得報償弒親之仇的感覺，或許真能解放心中苦楚、一掃積怨。

甚至於嘗到達成悲願的成就感。

可是——為了替父母報仇而活的澪一旦在這時達成目的，往後又會如何？

她的心裡就只會剩下雙親遇害、自己殺了那個仇人的事實，此外什麼也沒有。

當然，假如在此放過佐基爾，一定會在澪心中留下巨大的遺憾。

不過……

就算如此，那遺憾也會在刃更、萬理亞或柚希的陪伴下逐漸淡去。

只是，既定的事實是不會磨滅的，就像東城刃更無法磨滅從前自身能力失控，將族人連屍骸也不剩地消滅的事實一樣。倘若澪在此殺了佐基爾，就會成為無法改變的事實。

如果澪能夠忘卻自身情感，一切以達成使命為優先——也就是在勇者一族的教育中成

長，刃更或許就不會阻止她了。

——問題就是，成瀨澪並不是那樣的人。

雖然不太坦率，但本性善良；儘管常表現得什麼都不怕，實際上卻沒有那麼堅強。

就算身上流的是前任魔王之血，也能施放強力的魔法。

東城刃更依然確信——成瀨澪只是個普通女孩。

就因為澪是個普通女孩，刃更才希望保護她。

保護她遠離一切侵害，就算——澪企圖侵害自己也一樣。

刃更一定會阻止她侵害自己。

因此，東城刃更要再說一次，說到她接受為止。

「澪，妳不可以殺他——復仇只會帶來短暫的解脫，之後就是永遠的絕望啊。妳不需要……背負那種人的性命，害自己煎熬一輩子。所以我拜託妳——」

刃更說道：

「我會保護妳的……被他奪走父母的憎恨，還有在這裡放過他的後悔和遺憾，我一定會陪妳度過的。就算不能完全消除，我也會在妳身邊，陪伴妳每一天……一點一點幫妳減輕負擔。」

聲音雖小，其中的意念卻是那麼地強烈，要傳達給他希望守護的少女。

「…………………………………」

聽了刃更這麼說，澪陷入長長的沉默，最後——

「……那你就命令我這麼做吧。」

她喃喃地這麼說，然後回頭。

臉上滿布淚水。

「你就用契約的主人身分，命令我這個屬下『不要殺他』、『放棄報仇』嘛……命令我啊。這樣子，我就一定會聽你——聽哥哥的話了。」

對澪彷彿好不容易才擠出口的悲切回答，東城刃更輕輕地搖頭。

「……不行。如果這樣就能救妳，要我命令幾次都行；但我一旦這麼做，我們的關係就再也不是兄妹，也不會再是家人了。」

我絕不希望發生這種事。

「現在的我不是勇者，沒辦法靠『使命』這種崇高的字眼來保護妳。」

可是。

第3章
# 全都是為了這一刻

「我還是妳的家人、妳的哥哥，也是一個男人——所以我一定會保護妳。」

將心念化為確切的言詞後，東城刃更展開雙臂，向澪抱去。

「對不起，我沒有那麼可靠……但我還是希望妳能接受我的保護。」

這動作讓周圍的人都吃了一驚，因為她們都目睹了佐基爾企圖碰觸澪，而整條右臂遭到蒸發的當下。

然而——東城刃更卻以實際行動告訴她們不需要操這個心。

因為澪身邊的超高溫屏障早就不存在了。當她淚眼婆娑地轉向刃更時，失控的力量已經平息，之後只是——等待著能夠阻止她的一句話、一個機會。

——於是，被刃更擁在懷裡的澪，兩肩開始顫動。

顫動幅度逐漸加劇，不覺之間，她已哭出聲來。

「————」

就這樣，父母遇害後得知自己身世、因殘酷的現實而困在絕望與復仇的少女慟然嗚泣。成瀨澪的傷悲、無止境的情緒，都化作淚水滾滾而出。

而東城刃更——只是默默地、緊緊地擁抱這樣的澪、他寶貴的家人。

## 10

或許是力量失控的副作用吧。

不一會兒，澪就在柚希等人的注視下、在刃更懷中昏了過去，同時——

「————」

蜷縮在地上的佐基爾忽然融入虛空般消失了。

見到佐基爾利用這短暫的疏忽脫逃，野中柚希立刻有所反應。

「——別想逃。」

而在她準備追上去時——

「柚希，沒有這個必要……」

抱著澪的刃更出聲制止了她，但柚希難以接受。

「為什麼……他傷了你，也傷了每一個人，而且還想把你和澪變成他的東西；只要傷一治好，他一定會捲土重來。再說，那個人還把萬理亞的——」

「這妳就不用擔心了……」

第③章
# 全都是為了這一刻

想不到，刃更的回答卻是要她放心，下個瞬間——

「——瑪莉亞！」

最先對這道聲音幼嫩的呼喊起反應的，是萬理亞。

所有人緊接著往聲音望去，只見一個幼小的夢魔從門口跑來。

比錯愕的萬理亞更小的夢魔，就這麼撲進了她的懷裡。

「為什麼……？」

感受到以為已死的家人的膚觸和體溫，萬理亞整個人都傻住了。

「——我不是說過，我絕對會幫妳嗎。」

刃更說道：

「我還另外找了一個幫手，在佐基爾殺害這孩子之前先設法把她救出來了。佐基爾以為自己殺掉的，只是一個精細的假人。」

「精細的假人……」

萬理亞彷彿對這「奇蹟」還不敢相信。

「是啊，我真的沒事……瑪莉亞，謝謝你。」

而她懷中的確切溫暖，溫柔地告訴她奇蹟就是現實。

「這些日子讓妳受了這麼多苦，真對不起……」

聽見那張小小的臉抬頭說出的安慰，萬理亞感動得全身和聲音都顫抖著說：

「……媽媽……！」

但這場令人動容的重逢，卻被一個無法忽略的字詞打斷了。

「…………媽媽？」

柚希不禁皺眉。接著，比萬理亞更幼小的夢魔笑容可掬地說：

「哎呀呀，真對不起，到現在都還沒介紹我自己。我是瑪莉亞的母親雪菈，這段時日，小女受各位照顧了。」

「這、這樣啊……這個，不需要……這麼客氣。」

刃更也帶著有些混亂的表情低頭回禮。看來他就算擬了一整個救人計畫，對這驚人的事實還是完全不知情。

至於柚希，也想對刃更所說的「幫手」等等問個仔細。

「啊……詳細情形以後再說吧。」

但刃更這句話，讓她改變了主意。現在的確有該先做的事，那就是——

「我們先離開這裡吧。說不定佐基爾還在這裡設了其他機關呢。」

不僅是柚希，當然在場所有人都點了頭。

「——潔絲特，妳也跟我們一起走。」

之後，他對不同於佐基爾，做好接受任何處置的心理準備、老實留在原處的美麗女魔族這麼說。

「我有很多事想問妳……也想和妳談談妳以後的去路。」

接著，在柚希眼前——

「…………好吧。我會照你的話去做的，東城刃更。」

潔絲特這麼說，並順從地頷首。

「你是我的敵人還救了我的命——想怎麼發落都悉聽尊便。」

## 11

有個跨越空間而行的身影，在黑夜和黑暗之間不斷穿梭。

那就是趁澪昏厥的一瞬間，成功從刃更等人眼前脫逃的佐基爾。

「竟然將我佐基爾的手……！」

失去右臂的痛楚漸漸加劇，讓佐基爾口吐埋怨。

「可、可惡啊……我絕不會放過你們。連那房子一起炸死太便宜你們了，等我傷養好、魔力恢復，我就要讓你們嘗嘗比死還痛苦的絕望是什麼滋味……！」

氣得發抖的佐基爾從黑暗中躍入月光下，再進入眼前的黑暗——

「！——啊啊啊啊啊啊啊啊！」

卻硬生生吃了一發爆炎魔法，從剛進入的黑暗中炸飛出來。

右腹還炸出一個大洞。

「……啊、唔……嗚、誰……？」

摔落地面的佐基爾抬頭一看，發現一道浮出黑暗的影子。

接著——影子向佐基爾前進一步，同時月光映出他的臉。那是——

「拉、拉斯……！」

拉斯對驚愕的佐基爾面露冷笑。

「這可真是巧啊，好久不見了，佐基爾大人。話說——您是怎麼啦？」

並悠然地垂眼看著他。

「像您這樣高貴的人物，怎麼……像蟲子一樣在地上爬啊？」

哎喲？

「您那隻引以為傲、讓數不盡的女人哭泣的右手怎麼不見啦？所以您跑來這麼黑的地方，是為了找手囉？難怪您會慌成這副德性——不過很可惜，我想無論您怎麼找，都找不到您那條蒸發掉的手的。」

看來之前發生的事，他全都知情。被拉斯充滿嘲笑意味地這麼說後——

「你……還活著嗎！」

佐基爾左手按著腹側的傷口，表情憎惡地瞪視拉斯。

「啊？這種事不是一看就知道了嗎，你是痴呆啦？」

拉斯聳肩回答。

「！……原來是這麼回事。你說要用東城刃更交換成瀨澪，其實是要把他送進我的房子裡去吧，然後再趁那個機會救出那個夢魔……」

「是啊。我知道你們對我有疑心，所以我就用挑釁的態度和你們交易，結果大人你的屬下就把我的『假人』燒掉，完全以為真的殺了我。」

所以——

「多虧如此，她根本沒注意到我這裡，讓我行動起來相當輕鬆呢。幸好對於你把瑪莉亞她家人關在哪裡，我們早就調查得差不多了。」

「你、你說什麼……？」

「需要這麼驚訝嗎？你在魔界可是赫赫有名的高階魔族，而且現在還是停職查看的對象；在不知道什麼時候會被盯上的狀況下，不會冒著風險把多餘的東西藏在魔界，畢竟穩健派的人也一直在找她的家人嘛。不過呢，你也不會因為這樣就把人藏在自己基地；要是被瑪莉亞發現，就沒得威脅她了。」

然而——

「為了在出事的時候，可以送出魔力波緊急啟動遙控裝置，人一定不會離你太遠，愈遠愈讓人擔心嘛。於是我就根據這點，以你的基地為中心小小找了一下，結果就中大獎啦。其實我很久之前，就找出了那個地方，所以早在你彈手指以前，我已經輕輕鬆鬆地把人質救出來了。」

「？……你、你這是什麼意思……不對，你到底想做什麼……？」

佐基爾原本就懷疑，眼前這名男子很可能是穩健派的間諜。

從他現在出現在這裡來看，這假設應該沒錯。

可是——既然他很久之前就發現了人質囚禁的位置，為何要瞞著瑪莉亞或和他同一陣線的穩健派魔族？這應該對穩健派或現任魔王派都沒有好處吧？對於不懂其企圖而深感疑惑的佐基爾，拉斯說道：

「這個嘛……如果照我原本的計畫，事情本來還該進行得更慎重一點呢。誰教有個打電話約我出來、還用有點粗魯的方式確認友情的朋友，在我們幹架到一半的時候提出了一個交易。」

第③章
# 全都是為了這一刻

「你說……交易……？」

「是啊，他想要知道成瀨澪被帶到哪裡，還希望我救出瑪莉亞被你抓走的家人；而代價嘛——只要我覺得值得我幫他做那些事，我想要什麼都行，而他無論如何都會一定做到。」

於是——

「我答應了他的條件，所以現在才會來到這裡啊，大人。」

說完，拉斯一臉愉悅地俯視佐基爾。

「你、你說什麼……？」

在佐基爾一時間不敢相信拉斯和刃更有過交易的事實時——

「——前任魔王威爾貝特陛下選來在人界養育他女兒的，是他屬下中心地特別善良的兩個。」

拉斯瞇起眼娓娓說道：

「恐怕，你連自己殺的人叫什麼名字都不曉得吧？他們的位階雖然一點也不高，卻是受到眾多同胞景仰的人物。」

而且——

「對於那些人之中——和他倆一樣是孤苦伶仃的戰爭孤兒，和他們一起在孤兒院長大、當作哥哥姊姊般景仰的人而言，地位更是崇高。而我，就是其中一個。」

「！——你這傢伙，該、該不會——」

佐基爾震驚得說不出話來。因為他發現，站在他眼前的男子心中，有著比憎惡更黑暗的情感。

那麼——這樣的拉斯究竟向東城刃更要求了怎樣的回報呢？

——刃更和佐基爾戰鬥時，有種拖延時間或某種誘導的味道在。當時，佐基爾將那視為刃更只是為了消耗他的戰力，好讓瑪莉亞輕鬆取勝。

可是瑪莉亞卻說，刃更並不希望她出手。

這麼一來——刃更等待的又是誰呢？若沒發生瑪莉亞這段意外插曲，站在佐基爾背後的又會是誰？想到這裡，佐基爾除了震驚還是震驚。這時，拉斯總算將他暗中懷藏的目的說出了口。

他背著月光，面帶冰寒笑容說：

「沒錯，佐基爾。我開出的條件就是——我要親手殺了你。」

# 尾聲
# 敢言「絕對」之人的覺悟

## 1

刃更等人回到東城家時，已是深夜時分。

在眾人各自完成療傷、洗澡、更衣等必須動作時，有人一進門就選擇了休息。那就是長期遭到佐基爾脅迫，以及被當做人質囚禁的夢魔母女——萬理亞和她的母親。

而現在，東城刃更正注視著她們的睡臉。

「…………」

月光探過窗口而罩上一層淡淡淺藍的萬理亞房間裡，母女倆在床上相依而眠。也許是好不容易重逢且母女安然無恙，使得緊繃的精神隨安心放鬆而渴望休息吧，兩人的鼻息是那麼地平穩。

……她們一定好久沒這樣安心睡覺了。

儘管這樣的境遇令人心酸，不過眼前——那兩張伸手可及的睡臉，讓刃更感到自己確實有所幫助。這時，在刃更注視下，在床上安眠的萬理亞更貼近身旁的母親——

然後輕輕地在夢中呼喊他。這讓刃更對萬理亞投以憐愛的眼光——

「…………刃更…哥……」

「……嗯，我在這裡。不只是我，其他每個人都在妳身邊。」

並在這麼說之後輕撫她的臉頰，溫柔抹去殘留在她眼角邊的淚痕，彷彿在告訴她再也不必哭泣。

——返回東城家途中，刃更等人和萬理亞跟她母親聊了聊往後的安排。到了明天，刃更就會請萬理亞聯絡穩健派魔族，請他們派人接應。雖然聽瀧川說，穩健派的首領刻意疏遠澪且不聽勸阻，但既然他們還是搜索過萬理亞的母親，一旦知道她已經平安獲救，應該會有人肯過來一趟吧。

至於潔絲特，刃更是打算交給穩健派處置。現在是在柚希堅持下，交由她在客廳看守，應該不會出問題才對。

潔絲特沒有抵抗的意思，並表示將會完全聽從刃更的命令。

刃更個人是希望潔絲特離開佐基爾的掌控、從死亡束縛中解脫後，能夠不受限於現任魔王派或穩健派任何一邊，自由自在地過自己的生活；可是她才剛失去絕對聽從的主人，生活目的依然模糊不定，不能隨便丟下她不管。

尾　聲

# 敢言「絕對」之人的覺悟

所以，雖然不是為了將她當作證人來保護，但刃更還是認為將她交給穩健派比較好。

只不過，那是她從前敵對的勢力，難保沒有安全上的疑慮。關於這方面，就得借瀧川的力量之類的作點安排了。

另外——關於萬理亞遭佐基爾要脅而服從了他一事，刃更仍未決定是否該告訴他們。是隱瞞事實的好還是該清楚說明，實在難以判斷。

——但有件事，刃更、澪和柚希已經得到共識、做出結論。

那就是，無論如何都要保護萬理亞這個家人。

萬理亞會背叛刃更等人和穩健派，都是因為發生母親被當做人質這樣無奈的苦衷，不許任何人為此責罰她。

就像從前，迅為了守護兒子刃更而放棄勇者身分。

就像刃更誓言守護因無理原因而遭受生命威脅的澪。

就像柚希為了守護刃更而放棄任務。

這次也一樣，大家一定會攜手守護萬理亞。無論是目的多麼崇高的使命或任務，若要犧牲寶貴的人們、身心苦痛的人們才能達成，刃更都無法接受。

希望守護萬理亞不是因為使命——而是因為她是大家心中重要的一部分。

「……我們絕對會保護妳的。」

刃更以立誓的口吻如此低語後就出了萬理亞的房間。

並在走上沒開燈的走廊時，發現有個少女背倚他房門站著。於是刃更走近她輕聲問道：

「怎麼啦，澪……妳不用休息嗎？」

「……嗯。好像睡不太著。」

澪平靜地回答刃更的問題。見到她安穩的表情——

「這樣啊……」

刃更自然而然地察覺到她為何會在這裡，說：

「那麼……就陪我聊聊天，到妳想睡為止吧。」

經過片刻沉默，澪將頭用力一點，答應刃更的提議。

於是刃更要她稍等一會兒後，下到了一樓。

然後走進點了燈的客廳。

「…………………………」

客廳籠罩著夜晚的寂靜和沉重的沉默，其來源，就是面對面坐在沙發上的柚希和潔絲特。柚希注意到刃更的出現就轉頭問：

「刃更……樓上怎麼樣？」

「嗯，萬理亞睡得很沉，可是澪好像睡不太著……」

尾聲

# 敢言「絕對」之人的覺悟

「…………是喔。」

聽了刃更的話，柚希喃喃地表示理解。說不定是像刃更一樣察覺了澪為何睡不著吧，因為她也關心著澪。

「……柚希妳不休息一下沒關係嗎？」「沒關係，我是負責看守她的人嘛。可是——」

柚希接著問道：

「那你不休息嗎……？你的傷勢應該是最重的吧？」

沒錯——連番遭受變身後的萬理亞攻擊，又與佐基爾交戰；而更早之前，還有柚希幾個所不知道的與瀧川的戰鬥。這次受傷最重的，無疑是刃更。不過——

「不用擔心啦，可能是沒傷到要害，或是妳給我的傷藥很有效吧……傷勢沒有我想像中那麼嚴重。」

捱了萬理亞的拳頭時，全身痛到彷彿肋骨都斷光了，可是在對戰佐基爾之前就減輕了許多；回家檢查以後，發現肋骨只有些許裂縫，至於來自佐基爾的傷則是超乎想像地輕。既然喝了柚希從「村落」帶來的傷藥，應該只要靜養幾天就能痊癒了。即使柚希也知道這些，刃更還是告訴她，自己並無大礙。接著——

「這樣啊……那就好。」

柚希臉上浮現些許的安慰，將視線轉回潔絲特。

刃更將手輕輕扶上她的肩，說：

「妳不要太勉強自己……今晚我也不會睡，有事就直接叫我。」

這時──

「──與其把時間浪費在看守我上，不如早點把我解決了比較省事吧。」

潔絲特不是自暴自棄，只是口氣淡然地說出最現實的做法。所以──

「潔絲特，我不是說過了嗎……妳必須找出自己今後的生存方式，而我們會幫妳爭取需要的時間。這段時間，妳就好好思考自己未來該怎麼辦吧。」

聽刃更以勸導口吻這麼說，潔絲特沉默了一會兒，回答：

「…………我知道了。我會照你的話去做的，東城刃更。」

輕聲表示服從後，潔絲特就閉上雙眼，再也不多說什麼。

所以刃更將潔絲特交給柚希，準備好飲料就回到二樓了。

「哪裡都可以……自己找個地方坐吧。」

刃更將澪請進房後這麼說，澪便跟著選了床坐下。

接著，刃更再把手上的馬克杯交給她。

尾　聲

# 敢言「絕對」之人的覺悟

「我幫妳弄了熱牛奶，喝了以後身體暖一點比較好睡。」「……謝謝。」

澪老實道謝後，刃更對她問：

「我房間——真的比較好嗎？」

在刃更房間聊，是澪自己要求的。直接在走廊站著說話確實是不太好，可是去她房間想睡就能直接睡，應該比較方便才對。可是——

「嗯，我覺得在我自己房間，我會睡不著。」「好吧，既然都這麼說了……」

刃更跟著走向書桌邊的椅子——

「————」

卻突然被澪拉住T恤衣角。轉頭一看，澪的臉壓得低低的。

刃更見狀搔搔臉頰，只好在澪身邊坐下。床墊彈簧吸收了刃更的體重，穩穩支撐著他——原該是這樣的，但刃更卻感到床墊微微搖動著。仔細一看，坐在身旁的澪全身細顫。於是刃更輕輕摟住她的肩，讓熱牛奶不至於灑出來。

「——已經沒事了。」

刃更改以言語替代行動，要澪放鬆心情，澪跟著「嗯」地點頭。

「……對不起，先這樣陪我一下……」

並將頭靠上刃更的肩膀。

——曾遭綁架、落入敵人手裡的澪，在刃更他們救出她之前情緒有多麼不安，實在不難想像。所以，刃更也很樂意出借肩膀，直到澪平復為止。

沒過多久，澪終於鎮靜下來，啜飲刃更為她準備的熱牛奶。馬克杯見底時，兩人已對往後的事又聊了不少。最後，澪將馬克杯放上床頭櫃，說：

「……知道了。只要跟來接萬理亞她媽媽的穩健派魔族說，希望他們不要傷害那個叫潔絲特的女魔族，也不要對她亂來就好了吧。」

澪平靜地點頭，允諾刃更提出的要求。關於這部分，刃更自己也會請瀧川幫忙，但保險還是愈多愈好。

「不好意思……拜託妳這種事。」

刃更過意不去地道歉。保護潔絲特，和保護萬理亞並不一樣。

光是要澪放過殺害她養父母的仇人佐基爾，就已經讓澪心裡很難受了，現在還要幫助他的屬下，簡直是在傷口上抹鹽。不過，既然這種事只有澪辦得到，那也只能求她了。

可是……

問題還不只這些。這次刃更等人擊敗了佐基爾這個現任魔王派的高階魔族，若再與穩健派聯繫，多半會被現任魔王派視為更大的威脅；畢竟就算澪放棄對佐基爾復仇，她體內威爾貝特的力量還是沒有消失。而穩健派方面，除了澪那位居首領的伯父以外，很可能都會將擊

尾　聲

# 敢言「絕對」之人的覺悟

敗佐基爾的澪視為威爾貝特再世；最壞的情況——就是讓大家完全捲入這魔族兩大勢力的紛爭之中。想到這樣的可能性，刃更不由得表情凝重。這時，澪的手輕輕疊上刃更的手，說：

「刃更……沒關係的，我不在意。」

眼神中，透露著對他的深厚信賴。

「因為，現在有你們陪著我啊——對不對？」

澪明朗的回答和表情，使東城刃更忽地看傻了眼。

因為他誓言保護的女孩和她的笑靨，就近在眼前。

現在，在面前歡笑的澪，就是自己成功保護了她的證明。可是——

「————」

刃更心中，卻同時湧出某種負面的感情。

「……刃更？」

澪似乎是察覺到有些不對勁，擔心地抬頭看來。

「………………」

而刃更也默默地注視著她。得到澪如此的信賴——雖然高興，但也凸顯出了一個藏不住的事實。那就是澪這次陷入的是前所未有的危機，而對方還是將無數女子當作玩物的佐基爾。假如再晚一點動身——佐基爾也許就真的奪走了澪，用刃更無法想像的卑劣手法，將她摧殘得不成人形。

——而且，事情還沒結束，而是現在才剛開始。

一定會有更多人為了威爾貝特的力量而對澪不利。

其中說不定會有些比佐基爾更骯髒的傢伙。

但刃更不會允許他們逞凶。無論是誰想奪走澪，東城刃更都絕對無法忍受。假如真的會有那麼一天，那不如——一這麼想，刃更的理性就不知去了哪裡，一把抓住眼前抬望而來的澪雙肩後——

「————」

東城刃更就強行奪去了成瀨澪的唇。

起初，澪還不懂發生了什麼事。

剎那間，就與刃更四唇相接。如此突如其來的舉動——

……咦？

讓澪一時無法與接吻作聯想。可是，眼前是刃更閉上雙眼的臉，嘴上是他唇瓣的溫度和觸感，所以——

「！──────……」

澪終於明白，自己正在和刃更接吻。

深夜，刃更房間床上──這就是成瀨澪的初吻情境。

澪很清楚自己總有一天，會對某個人獻上初吻──也有預感，那個人會是刃更。因為主從契約的詛咒發動、讓刃更為她消除痛苦時，她也曾希望更深入感受刃更而差點主動吻了他。假如澪真的主動要求，刃更一定會順應她的期望吧。

──可是在澪的想像中，與她接吻時的刃更要溫柔得多了。

基本上，刃更不會做出讓澪反感的事。儘管之前曾發生他誤闖更衣間或廁所，竟急忙捂住澪的嘴怕她大叫之類的事，但那也是因為一時情急。所以澪就算再生氣，也會原諒他。

然而──現在的刃更卻完全不是那回事，彷彿是情緒失控般強吻了澪。

……這不是……！

即使嚇得全身緊繃，成瀨澪還是在腦海中找出了如此失常的刃更。

因為之前，刃更也曾有一次類似的舉動。

──那是在剛結主從契約、第一次一起洗澡時發生的。

當時刃更剛與柚希重逢，澪為了宣誓主權而聽從萬理亞的提議，用胸部為刃更擦拭身體；萬理亞還把刃更買回來請客的蛋糕帶進浴室，並要澪和她一起把不小心弄掉蛋糕而沾在

尾聲

# 敢言「絕對」之人的覺悟

刃更身上的鮮奶油舔乾淨。

現在回想起來，那還真是大膽。

只不過那時候，澪一味企求加深自己與刃更的關係——結果就是逼得刃更失去理性，把剩下的蛋糕全抹在澪和萬理亞身上，並強行品嚐她們甜滋滋的身體。雖然事情是以刃更中途昏倒告終，但澪和萬理亞都不知道假如她們昏倒，事情會發展成什麼樣子，因為當時的刃更就是那麼地蠻橫。所以和萬理亞談過之後，就告訴刃更那一切只是一場夢。

可是——從那天以來，刃更就再也沒有發生類似狀況，讓澪以為自己是誤會了……甚至懷疑作夢的其實是她自己。

不過現在——失去理性的刃更就在她眼前，占有了她的唇。

……為、為什麼……？

這一次，和在浴室對刃更做那些大膽的事時情況完全不同。澪實在不明白刃更為何會突然變了個人。

「——嗯唔！不……等、等一下……！」

澪倉皇縮身，反而不小心在床上仰倒，刃更接著兩手抓上她睡衣胸口一帶——

「等——」

還來不及出聲制止，扣住前襟的鈕釦就被扯得彈上空中。

沒有內衣束縛的胸部，就這麼跳了出來，袒露在刃更眼前。

「啊……」

當澪為這事實愕然地叫出聲時，刃更正面壓上了她。

然後粗暴地將她抱緊，嘴再度堵上她的唇。

而被壓倒在床上遭到強吻的澪——

「嗯！——呼啊啊啊啊！」

突然在刃更底下嬌喘著全身抖動，因為因為刃更的手開始揉起了被他扯開睡衣而裸露的胸部。就算催淫詛咒沒有發動，澪的胸部在飽嘗多次愛撫快感後，已經敏感到自己都會怕的程度。被刃更將胸部恣意擠壓搓揉成猥褻的形狀又同時強吻，讓澪的身體和思緒完全癱瘓，無力抵抗。

「！……呀、哈啊……嗯嗚、啾……啊……嗯！」

和過去一樣，刃更一旦使勁硬來，澪根本不敢違抗。除了第一次見面時之外，現在的澪已經在刃更手下屈服了無數次，因此即使心裡認為不應該，眼睛還是自然閉上、身體順從地接受了刃更。接著——

……啊……澪忽然感到刃更的舌頭試圖入侵她的嘴。

澪雖然明白一旦接受的後果，但現在的她無法抵抗——唇順從地微微張開。

尾聲
# 敢言「絕對」之人的覺悟

這麼一條細縫，對刃更而言已十分足夠。刃更的舌立即粗魯地撬開澪的唇，往她嘴裡長驅直入。

「啊……嗯……呼……啾、嗯……呀、啾……嗯！」

一接受刃更的濕黏舌頭給予的溫熱和感觸——就幾乎瓦解澪的意志。不覺之間，澪的舌也與他主動交纏，沉醉在刃更的吻裡。

經過一段幾乎耗盡肺中氧氣的長吻後，澪稍微退開嘴唇，好不容易能吸口氣時——

「……我才不讓任何人搶走。」

忽然間，聽見刃更如此低語。

「刃更……？」

而澪也因此不禁喊了他的名字——讓眼前的刃更猛然回神，注視著澪——

「！——對、對不起！……我怎麼……！」

刃更像是恢復正常，發現自己做了怎樣的事而滿臉通紅地道歉。

在床上急忙轉身背對的刃更，已是澪所熟知的刃更。

「真的很對不起！我突然腦袋一片空白，然後就……」

澪掩著胸部起身，訝異地看著刃更拚命道歉的背影——

「…………………」

臉上微微浮出戲謔的笑容，因為她聽見了。

……不讓任何人搶走啊？

基本上，刃更不會做出讓澪反感的事。刃更情緒會失控到這種地步——是出於對澪遭佐基爾擄走且差點一去不返的過度擔心而產生的獨占慾。

於是——

「…………不行，我絕不原諒你。」

澪忍著笑這麼說。自己確實被刃更突來的舉動嚇了一大跳，所以稍微讓他傷點腦筋也不會觸動主從契約的詛咒吧。最後刃更一臉苦惱地問：

「真、真的沒辦法原諒我嗎……？」

「這個嘛……好吧，是有那麼一個可讓我原諒你的方法——想聽嗎？」

「當、當然想！」

刃更的猛力點頭讓澪笑得更深，接著向他貼近，從背後摟住他說：

「——那就再親我一次。」

說完，澪將臉頰貼上刃更的背，並說出不原諒他的理由。

尾聲
# 敢言「絕對」之人的覺悟

「到時候你就會知道，其實你——不用為剛那些事道歉。」

然後閉起雙眼——

「拜託，刃更。如果你不希望別人把我搶走……就自己好好地再搶走我一次吧。」

等待刃更的答覆。這次接吻後，兩個人關係一定會產生變化吧。

沒想到，刃更遲遲不轉身。

「…………刃更？」

澪疑惑地睜開眼睛，也因此看見了刃更沒轉身的原因。

不知道什麼時候，柚希面無表情地站在刃更面前。

「咦——……？」

澪為這狀況不禁愣住時——柚希一把揪起刃更的領子強吻了他。

並想和澪比拚似的，主動將舌伸進刃更嘴裡，來了個濃厚的深吻。

當柚希吻夠了而退開嘴唇，刃更就軟趴趴地癱倒在床上，柚希則是喘得鼻息大作。

為什麼柚希比較像男方啊？這時，柚希一眼瞪來。

「……還以為妳是還沒從綁架的驚嚇裡走出來呢，真是一刻也不能鬆懈。」

「妳、妳怎麼會跑來這裡……妳不用監視那個叫潔絲特的女魔族嗎？」

終於得以動彈的澪慌張地問。

「不用擔心，我把她也帶來了。」

柚希這麼回答後，潔絲特就從她背後悄然現身。

「怎、怎麼連妳也……妳們在這裡站多久啦！」

「是從『因為，現在有你們陪著我啊』的時候開始的，成瀨澪。」

「！……那不就是很久了嗎！」

「？妳辜負我的好意偷偷勾引刃更，現在還好意思生氣啊──好一個狐狸精。」

柚希淡淡地這麼說後就兩手摟住刃更脖子，眼神炙熱地說：

「刃更……也把人家搶走嘛。」

「妳趁亂說這什麼莫名其妙的東西啊──！」

柚希的舉動讓澪怒氣爆發，把柚希和刃更強行隔開。

刃更的房間突然鬧得雞飛狗跳時──瑪莉亞正默默地站在房外。

夢魔對周圍的興奮反應特別敏感。長期困於人質生活而精神耗弱的母親依然熟睡，瑪莉亞卻是在柚希和潔絲特進刃更房間前就醒了。

──若是過去，瑪莉亞早就衝進去當主持人，把所有人耍著玩了。

尾聲

## 敢言「絕對」之人的覺悟

那不只是為了保護澪，也是為了讓養父母慘死而心中總是暗藏傷悲的她，能夠不忘保持開朗。瑪莉亞即使明知那不足以贖償自己受佐基爾脅迫而背叛的罪，也希望能藉此多少紓緩澪的心情。可是，因過去習慣而動身的瑪莉亞——

「…………………」

卻一語不發地佇立在房門口。既然自己背叛刃更和澪的事情曝光，就再也無權加入那個圈子了。

……我看還是……

雖然刃更他們說過，瑪莉亞可以像過去那樣繼續待在大家身邊；但她還是打算，在穩健派魔族來接母親時隨他們一起回魔界。現在澪的身邊，多了比自己更有用的柚希，也能請穩健派送來比自己更強更可靠的護衛，沒留下的必要。

想到這裡，萬理亞轉身要回自己房間——刃更卻在這時衝上走廊，一發現瑪莉亞就——

「萬、萬理亞，妳來得剛好！進來一下！」

「咦？……那個……！」

刃更就這麼抓著不知所措的瑪莉亞的手，拉她進房。

「她們現在根本都腦充血，我說什麼都聽不進去。求求妳，想辦法幫我勸架！」

「啊？呃，這種情形是要我怎麼勸啊……」

澪和柚希正面對峙，雙方目光在空中激出猛烈火花，都一副殺氣騰騰的樣子，要收拾這種場面簡直開玩笑。但才剛這麼想——

「——拜託妳救救我嘛，真的只有妳才行啦！」

「咦……？」

刃更說這話時，一定沒有多想什麼。可是，那並不是將她視為魔族，而是認為她是不可或缺的家人才這麼說的。不是因為她是夢魔瑪莉亞，純粹是將她視為成瀨萬理亞。因此——

「…………！」

當萬理亞為刃更的話不禁輕輕一顫時——

「咦，這下有趣了。萬理亞，妳是我這邊的吧？」

「妳不要怕她威脅。要是站在我這邊，我就幫妳對澪做色色的事。」

連澪和柚希也絲毫沒有將她當外人的樣子。

表示她能繼續留在這裡——因為大家都是一家人。

所以——在澪和柚希同時問「妳要幫誰？」之後——

「！……啊，這個啊。我、我要幫誰嘛……」

尾　聲
# 敢言「絕對」之人的覺悟

萬理亞擦了擦眼角浮出的淚水——

「那個……刃更哥？」

「嗯……？」

接著趁刃更因這一喊而回頭時，出其不意地強吻了他。

『————————』

萬理亞彷彿要表演給為這突發狀況而愣住的澪和柚希看似的，以更激烈的方式和刃更纏舌深吻後。

瑪莉亞——不，成瀨萬理亞盡全力擠出笑容。

——或許，自己的罪一時間是贖不清的。

不過，自己終究是回到了這裡。

所以以後要一點一點地贖罪，總有一天，這裡會成為自己真正的歸屬。萬理亞懷抱這祈願般的心念——

「我兩邊都不幫，因為刃更哥是我的哥哥嘛！」

並笑容滿面地這麼說時——更誇張的怒吼和喧囂震響了刃更家。

## 2

——這個空間，充滿了淤沉至極的空氣。

光線陰暗，聽不見任何外來聲響——同時，也代表其中聲音不會洩漏到外界的殘酷事實。因此——

「……唔……呃……啊……！」

無論倒在地上的佐基爾怎麼痛苦呻吟，也不會有任何人來搭救。

——拉斯在佐基爾逃亡途中襲擊他後，並沒有當場了結他的性命。

應是為了替他視為兄姊般仰慕的同伴們復仇吧，拉斯用能禁封魔力的魔法器具束縛住佐基爾，並將他帶到沒有任何人、似乎在地底下的地方來。這是他在成瀨澪的監視任務中，為不時之需而準備的藏身處吧。

就這樣——佐基爾在這裡待了數小時。

經過拉斯物理、魔法雙管齊下的徹底虐待後，已經是奄奄一息。

「唔……喔……啊、呃……啊……」

尾聲

# 敢言「絕對」之人的覺悟

佐基爾在地上蠕動，全身痛得有如火燒。因成瀨澪而失去的右臂，以及來到這裡之前被拉斯轟傷的腹側，比起現在全身大量骨折和嚴重出血已經不算什麼。在如此難以動彈的瀕死狀態下——

……還、還沒完呢……！

佐基爾仍沒放棄逃離這裡。拉斯或許是想讓他多痛苦一陣子，沒有繼續折磨他。所以佐基爾在體內積蓄力量，窺探著逃脫的機會。

就在這時。

「……終於到啦。」

拉斯忽然低聲這麼說，轉向背後。

接著，緩慢的腳步聲在寂靜的空間響起。

「！……是、誰……？」

這裡的監禁與拷打是出於拉斯個人的私怨及復仇，沒必要找來第三者。佐基爾呻吟著這麼問之後——

「哎呀……其實啊，有個人說什麼都想來看你嚥下最後一口氣呢。」

拉斯聳肩笑著說道。聽了這話——

……難道是……

拉斯曾說穩健派中有不少人景仰澪的養父母，其中應該有些和已死那兩人及拉斯一樣，來自同一所孤兒院。他很有可能是將同樣怨恨佐基爾的人找來了這裡。

——否則的話，難不成是潔絲特？

她是來見證將她唾罵為垃圾還企圖殺了她的人有何下場嗎？

糟了。佐基爾心中忽然一陣急劇的焦躁。無論來的是誰，多了一雙眼睛盯著他看，脫逃的可能就相對地減少。

……不，不一定……

儘管如此，佐基爾仍沒放棄求生的機會。對方人數增加，同時也表示造成他們動搖、疑惑的機會也跟著增加。

若他們是帶著憎恨前來，就容易受到操弄、失去冷靜。

……等著瞧吧。

全身是血的佐基爾暗自竊笑，發誓一定要離開這裡，把所有將自己弄成這副慘樣的人一個也不漏地殘殺殆盡。

接著，將來訪者視為一線生機般歡迎的佐基爾——

「…………什、麼……？」

卻因為那終於現身的人物而茫然失措。

尾聲

# 敢言「絕對」之人的覺悟

那人並不是穩健派魔族，也不是潔絲特。

甚至——連魔族都不是。出現在他眼前的是——

「……東城……刃更……？」

佐基爾見到某種無法置信的東西似的喊出他的名字。

「————」

但刃更只是對倒在地上、瀕臨死亡的佐基爾瞥了一眼就走到拉斯身邊，並無視其存在般和他對話。

「不好意思啊，瀧川……我遲到了。」

「就是說啊，小刃，我差點就忍不住動手了耶。」

「抱歉……要避開澪她們的眼睛，比我想像中的難多了。」

見到刃更有點過意不去的樣子，拉斯苦笑著說：

「少來……一定又在做些色色的事吧。受不了，帥哥真讓人羨慕喔。」

「……我先說清楚，我可是差點被她們搞死。」

刃更跟著嘆氣。兩人自然對話的樣子——

「…………？」

讓地上的佐基爾驚悚地抬頭看著。拉斯神色自若倒還能夠理解。

因為將他帶來這裡，將他殘害成這樣的就是拉斯本人。

——但刃更不同。

佐基爾是一副血污斑斑、手腳往超乎常理的方向曲折、隨時都可能斷氣的模樣。

而東城刃更卻仍若無其事地和拉斯對話。

這實在太奇怪了。

甚至讓佐基爾無法理解眼前發生了什麼。這時——

「我之前說，我用說出你囚禁成瀨澪的祕密基地和救出瑪莉亞的家人，來交換親手殺死你的機會——但事實上啊，我們還有另一個交易。」

拉斯開始說明現在是什麼狀況。

「經過這件事，成瀨澪遲早會知道我的真實身分，只是呢——我曾經啊，不小心刺激到她，讓威爾貝特的力量失控，還讓小刃吃了點苦頭。事後，雖然這傢伙因為那件事而開始找我合作，不過愛著小刃的成瀨和野中可就不能參一腳了。所以考慮到以後的問題，我需要有人幫我向她們掩護；而這件事，交給小刃自然是最為有效。」

然後——

「相對的，小刃想要根絕他放過的敵人再度威脅到他的可能——用這傢伙的話來說嘛，就是把機率降到零為止。」

尾　聲

# 敢言「絕對」之人的覺悟

換言之——

「他要用自己的眼睛，確實見證你完全死透的樣子。」

「！——你……你、怎麼……！」

佐基爾錯愕地抬起頭。這時，他終於和刃更對上視線。

「————」

好冰冷的眼神。見到那對彷彿完全否定其存在的無機眼瞳——

「…………！」

佐基爾心臟幾乎為之凍結，不禁發抖。

……竟然……有這種事……！

佐基爾開始詛咒自己的失算。太大意了，實在錯得離譜，怎麼會這麼小看東城刃更——

不，是完全錯看了。還以為他不過是個心腸好、正義感強的善良青年——但不是這麼回事，這青年並不只是善良而已。

佐基爾曾有機會察覺這樣的可能性。佐基爾非常想要刃更那原理不明的消除技能，自然會要求瑪莉亞報告所有相關資訊。

他曾讓自己的力量失控，消除了同伴們的屍骸，因而遭到逐出勇者一族。

邂逅繼承前任魔王之血脈的澪後，他為了保護她而重新握起了劍。

接著——曾經遭遇悲劇的刃更，誓言再也不要失去寶貴的事物。

為了誓言守護的事物，自己必需多殘酷就得多殘酷——他是抱著如此悲哀的覺悟立誓的。如果擁有這份決心的人和拉斯聯手——

「既、既然這樣……東城刃更……你要不要，也和我做個交易啊……？」

佐基爾拚命地嘗試籠絡刃更。

「……像我這樣活了那麼久的高階魔族……能夠從現任魔王雷歐哈特陛下或其他高階魔族組成的樞機院那邊弄來各種情報，就連這個拉斯也絕對不可能知道的祕密也行。」

所以——

「只要身上還有威爾貝特的力量一天，成瀨澪就沒有一天安寧……既然你把保護她視為第一優先，就應該明白我的情報會多麼——」

有用吧。佐基爾是想這麼說的，但說不出口。因為刃更注視他的眼神，冷得讓他無法再說下去。隨後——

「好啦，我已經看膩這張噁爛的臉了，差不多該宰掉他啦——可以吧，小刃？」

「好……」

瀧川得到刃更同意後，慢慢走向佐基爾。

佐基爾的死期也跟著一步又一步地逼近。儘管如此——

「————」

到了這一刻，東城刃更仍沒對佐基爾說過半個字。

怒罵、侮蔑、嘲笑，一項也不願施捨。

只是一語不發、眼神冰冷地注視著佐基爾，彷彿說明拉斯即將帶給他的，是無庸置疑的死。

……可惡！就沒有……沒有辦法了嗎……！

佐基爾拚命尋找生存機會，但死亡已經迫在眼前。

「！————……！」

絕望扒開了他的雙眼。下一刻——

拉斯手中放出的衝擊波，結束了佐基爾亙長的生命。

3

「——佐基爾的靈子反應消失了？」

魔王雷歐哈特剛結束視察西域、返回王宮時，接到了這個意外的消息。

佐基爾判定新發現的遺跡有採掘價值後，認為責任已了就立刻回到自己居所，而雷歐哈特則是為繼續視察周邊而留下，想不到會發生這種事。

「難道說……佐基爾死了？」

雷歐哈特走在長廊上疑惑地問。

「這只是剛接到的最新消息，詳細情形尚不明朗。」

前來接駕的可靠親信巴爾弗雷亞在其身後如此回答。

——將雷歐哈特立為新王的現任魔王派，是目前魔界最大勢力，但內部並非團結一致。其中有些人將年輕的雷歐哈特看做不經世事的小伙子，意圖將他操弄於鼓掌之間，而佐基爾就是如此看待他的敵對陣營中的其中一人。

過去佐基爾身為成瀨澪的監視人卻對她下手時，雷歐哈特原本打算直接處以極刑，以免放任他的貪婪和野心持續增長，總有一天會成為無法忽視的危害。

但不幸地，這提案受到和佐基爾同一陣營的樞機院成員抗議，最後只能處以停職查看這樣的輕罰。然而——

……到底出了什麼事？

據拉斯的報告，佐基爾近來是有些可疑的小動作，但同為高階魔族、行事謹慎且擁有高強實力的他，不是這麼輕易就會喪命的人物，背後一定出了很大的問題。

「立刻詳細調查，隨時回報——動作快。」「——屬下遵命。」

巴爾弗雷亞接到命令後一頷首就消失了蹤影。

而雷歐哈特則是繼續前進，來到王座廳門前時衛兵立正敬禮，敞開厚重的巨大門扉。

「——辛苦了。」

雷歐哈特簡短說聲慰勞的話，便踏進廳內。

然後背著關門聲走向廳堂深處——

「————」

卻在途中忽然停下，眉頭一皺。因為他發現廳內出了狀況。

——廳內的駐衛兵全都倒在地上，一個也不例外。

他們並沒死，只是昏厥過去，呼吸都還平順。可是——

……二十多名禁衛隊員竟然全被打敗……

他們並不是普通士兵，而是專職護衛魔王的禁衛隊，個個精銳；而這樣的禁衛隊，竟然在門外衛兵都沒發現的情況下遭到全數擊昏。

可見這人的行動極為隱密，而且時間極短。就雷歐哈特所知，擁有此等實力的人物屈指可數。

「…………………」

尾聲
# 敢言「絕對」之人的覺悟

就在雷歐哈特提高戒心，思考該不該喚來門外衛兵時──

他忽然發現視線彼端──有個男子愜意地坐在唯有自己能坐的王座上。正常而言，雷歐哈特不可能忽略這樣的冒犯之舉，但眼前的男子卻能避開雷歐哈特的注意辦到這種事。連雷歐哈特都未能察覺的完全匿蹤。有這樣的身手，確實能在毫不暴露身影甚至氣息的情況下擊倒整個禁衛隊。這時──

「你終於回來啦，新魔王……喔？奇怪，這次的魔王也太年輕了吧？」

男子坐在雷歐哈特的王座上，見到魔王後驚訝地這麼說。

──現下魔界，不認識雷歐哈特長相的，恐怕是一個也沒有。

但這名男子，卻明顯表現出從未見過他的反應。

然而──雖是初次謀面，雷歐哈特卻認得出這不認識他的男子的長相和姓名。

「…………迅．東城。」

「咦，你認識我啊？連新魔王都知道我的臉和名字，光榮之至啊。」

被雷歐哈特低聲念出名字的迅笑嘻嘻地說道，接著──

「──那麼，你也知道我來這裡是為了什麼吧？」

迅從王座緩緩站起，喀喀地扭著脖子說：

「不過我現在要說的跟我的事無關就是了……我那可愛的兒子，好像在他那邊打拚得很辛苦，讓我這個做父親的很想幫他打打氣，耍個帥給他崇拜一下。這就是所謂的父愛吧。」

隨後，雷歐哈特見到東城迅向他悠然走來。

過去人稱史上最強的勇者，齜牙咧嘴地露出猙獰笑容，並說：

「謝謝你們這麼照顧我家那群小鬼啊——我是來還點人情的。」

# 後記

已經讀完本書的讀者，以及從這裡翻起的讀者大家好，感謝各位閱讀本書，我是上栖綴人。

首先呢，我們就接著前一集後記的話題繼續聊吧！由みやこかしわ老師繪製的本作漫畫版已經在《月刊少年Ace》4月26日當期上刊出預告漫畫，再從5月25日當期開始正式連載了。後記之後也有廣告頁面，請別錯過，也給予漫畫版相同的支持與鼓勵。

現在話題回到本書。這本第三集的主角是萬理亞以及過去養父母遇害的澪。由於鏡頭主要放在萬理亞身上，所以前半有著至今最為歡樂的胡鬧和殺必死滿點的場面；但其實責編還是說我這本不夠力，所以我又卯足了勁加重口味，各位讀者喜不喜歡呢？不過問題也不是喜不喜歡，這種內容真的行嗎？漫畫化了耶？那本雜誌是《少年Ace》，不是《成年Ace》耶？

話說回來，本集中段以後提及了之前著墨不多的澪和萬理亞的過去，氣氛必然會變得比較沉鬱；但也因為如此，一直被眾女角們的強烈個性壓著打的刃更，終於在尾聲稍微展現了自我本色。在第一集最後，刃更瞞著澪她們和瀧川合作，留下了一些伏筆或預兆；而今後刃更能為他所愛能給予多少包容、能殘酷到什麼地步，在各方面而言都會是重大的關鍵吧。從這部分來看，比刃更經過更多大風大浪、現在又能笑得那樣狂妄的迅，實在不愧是最強的勇者呢。

接下來，我在此向本作所有相關人員表達我的謝意。負責插畫的Nitroplus的大熊老師，感謝你這次又畫了那麼多精采作品！能和你那麼熱烈地討論連身泳衣真是太棒了，未來也請您繼續提供各種寶貴的想法。接著要感謝的，是責編等各界關係人士，這次也非常感謝各位的協助與努力，懇請多多關照。

本集最後，迅帶著笑容挑戰現任魔王，刃更等人也打倒了強敵，故事又要翻向新的一頁。就現在而言呢，就只能請各位讀者看看後面的下集預告，耐心等候第四集的到來。這次終於是那個人的主場了！「白袍＋泳裝＋美女＝正義」的方程式究竟會不會成立呢？敬請各位期待～（註：以上為日本版的情況。）

上栖綴人

各位讀者大家好！
我是負責畫糟糕圖的大熊貓介(・ω・)ノ
最近在公司畫新妹魔王的圖時，
附近同事問了這樣的問題：
同事Ａ：「你在畫哪個H-GAME的圖啊？」
大熊：「這是輕小說的圖啦(゜ω゜；)」
同事Ａ：「(；゜ω゜)！？」
我每天都過著像這樣誤會連連的日子，
新妹魔王果然可怕……

©ZIN AKIME 2012

Kadokawa Light Novels

女性向遊戲攻略對象竟是我…!? 1

秋目人
Zin Akime
插畫◎森沢晴行
Haruyuki Morisawa

Kadokawa Fantastic Novels

## 女性向遊戲攻略對象竟是我…!? 1 待續

作者：秋目 人　插畫：森沢晴行

**美少女和性命，該選擇哪邊才好？**
**以「女性向遊戲」為名的怪怪死亡遊戲戀愛喜劇！**

被拋入女性向遊戲世界裡的我，似乎成了攻略對象。這表示我將會受到美少女們追求吧？喔耶！但天底下果然沒這麼好的事。據說我一旦受到攻略就會進入死亡路線……在我心驚膽跳地畏懼死亡時，人人憧憬的美少女們為了攻陷我，一個個現身了……

**NT$190/HK$58**

台灣角川

Kadokawa Light Novels



時雨沢惠一
KEIICHI SIGSAWA
插畫：黑星紅白
ILLUSTRATION : KOUHAKU KUROBOSHI

那片大陸上的故事〈上〉
～艾莉森&維爾&莉莉亞&特雷茲&梅格&賽隆&其他～

Kadokawa Fantastic Novels

# 那片大陸上的故事〈上〉 待續

作者：時雨沢惠一　插畫：黑星紅白

**串連《艾莉森》《莉莉亞&特雷茲》《梅格&賽隆》**
**時雨沢惠一所獻上的全系列完結篇上集！**

在艾莉森的目送下，特拉伐斯少校搭乘軍用機出發，機體卻發生爆炸！第四高等學校的新聞社成員，對「神祕轉學生」特雷茲展開大調查！臨時置物櫃的可疑現象意外地變得明朗，眾人逐漸被捲入重大事件……系列完結篇上集熱鬧登場！

台灣角川

NT$190/HK$58

國家圖書館出版品預行編目資料

新妹魔王的契約者 / 上栖綴人作 ; 莊湘萍, 吳松諺譯. -- 初版. -- 臺北市 : 臺灣角川, 2014.02-
冊 ;　公分
譯自 : 新妹魔王の契約者
ISBN 978-986-325-793-6(第2冊 : 平裝). --
ISBN 978-986-325-891-9(第3冊 : 平裝)

861.57　　102026372

Kadokawa
Fantastic
Novels

# 新妹魔王的契約者 3

（原著名：新妹魔王の契約者 III）

2014年4月16日 初版第1刷發行
2019年10月16日 初版第4刷發行

作　者：上栖綴人
插　畫：大熊猫介
譯　者：吳松諺

發行人：岩崎剛人
總經理：楊淑媄
資深總監：許嘉鴻
總編輯：蔡佩芬
編　輯：黎夢萍
美術設計：胡芳銘
印　務：李明修（主任）、張加恩（主任）、張凱棋

發行所：台灣角川股份有限公司
地　址：105台北市光復北路11巷44號5樓
電　話：（02）2747-2433
傳　真：（02）2747-2558
網　址：http://www.kadokawa.com.tw
劃撥帳戶：台灣角川股份有限公司
劃撥帳號：19487412
法律顧問：有澤法律事務所
製　版：巨茂科技印刷有限公司
ISBN：978-986-325-891-9